# COMO PEZ EN EL ÁRBOL

LYNDA MULLALY HUNT

# Como pez en el árbol

Traducción de **Victoria Simó**

NUBE **DE TINTA**

Título original: *Fish in a Tree*
Publicado por acuerdo con Nancy Paulsen Books, un sello de Penguin Young Readers
Group, una división de Penguin Random House LLC.

Primera edición en Estados Unidos: agosto de 2018
Cuarta impresión: diciembre de 2020

© 2015, Lynda Mullaly Hunt
© 2015, Penguin Random House Grupo Editorial, S. A. U.
Travessera de Gràcia, 47-49. 08021 Barcelona
© 2015, Victoria Simó Perales, por la traducción

Diseño e ilustración de portada: Penguin Random House Grupo Editorial / Manuel Esclapez

Printed in USA – Impreso en Estados Unidos

ISBN: 978-84-15594-69-7
Depósito legal: B-18.774-2015

Compuesto en La Nueva Edimac, S. L.

NT 9 4 6 9 7

Penguin
Random House
Grupo Editorial

*Para los maestros,
que ven al niño antes que al alumno,
que nos recuerdan que todos poseemos
capacidades especiales que ofrecer al mundo,
que subrayan la importancia de destacar
más que de encajar.
Y para los niños,
que reúnen la determinación necesaria
para conquistar los retos de la vida
por difíciles que sean.
Son héroes.
Este libro es para ustedes.*

# 1

## De nuevo en apuros

Siempre está ahí. Como el suelo bajo mis pies.

—¿Y bien, Ally? ¿Vas a escribir o no? —pregunta la señora Hall.

Si la maestra fuera mala persona, todo sería más fácil.

—Vamos —insiste—, sé que puedes hacerlo.

—¿Y si le dijera que voy a trepar a un árbol usando sólo los dientes? ¿También diría que puedo hacerlo?

Oliver se ríe al tiempo que se tira sobre el pupitre como si se le hubiera escapado una pelota entre las manos.

Shay suelta un gemido.

—Ally, ¿por qué no puedes comportarte como una persona normal por una vez?

A su lado, Albert, un chico grandote que siempre lleva la misma ropa —una playera con la palabra «Flint» estampada—, se pone tieso como un palo. Como si estuviera esperando el estallido de un petardo.

La señora Hall suspira.

—Vamos. Sólo te pido que te describas a ti misma. Una triste paginita.

No se me ocurre nada peor que describirme a mí misma. Preferiría escribir sobre algo más positivo. Como vomitar en tu propia fiesta de cumpleaños.

—Es importante —dice—. Así el nuevo maestro los irá conociendo.

Ya lo sé, y precisamente por eso no quiero hacerlo. Los maestros son como las máquinas esas que escupen una pelotita de goma a cambio de una moneda. Sabes lo que te puedes esperar. Y, al mismo tiempo, no lo sabes.

—Y ya está bien de hacer garabatos, Ally —se impacienta—. Si no te pasaras la vida dibujando, a lo mejor terminarías los ejercicios.

Avergonzada, escondo mis dibujos debajo de la página en blanco de la composición. Me he dibujado convertida en mujer bala. Sería más fácil salir disparada de un cañón que venir a clase. Menos doloroso.

—Vamos —insiste, y empuja el papel pautado hacia mí—. Haz lo que puedas.

Siete escuelas en siete años y la historia siempre se repite. Cada vez que hago lo que puedo, me dicen que no me esfuerzo lo suficiente. Que soy descuidada. Que tengo faltas de ortografía. Les molesta que escriba la misma palabra de dos maneras distintas en una misma página. Por no hablar de los dolores de cabeza. Siempre me duele la cabeza cuando me paso demasiado rato mirando el contraste de las letras oscuras contra el blanco de la página.

La señora Hall carraspea.

Mis compañeros se están hartando de mí. Otra vez. Sillas que se arrastran. Fuertes suspiros. Puede que piensen que no los oigo: «Bicho raro. Tonta. Anormal».

Ojalá la maestra se dedicara a rondar el pupitre de Albert, una especie de Google con patas que, para sacar mejor calificación que yo, sólo tendría que sonarse con el examen.

Noto un calorcillo en la nuca.

No lo entiendo. Normalmente se hace de la vista gorda. Debe de ser porque las composiciones son para el profesor nuevo y no quiere que falte ninguna.

Me quedo mirando su enorme barriga.

—Qué, ¿ya sabe qué nombre va a ponerle al bebé? —le pregunto. La semana pasada estuvimos la mitad de la clase de ciencias sociales hablando de nombres.

—Vamos, Ally, no te entretengas más.

No contesto.

En mi mente visualizo una película en la que ella toma un palo y traza una línea en la tierra, entre nosotras dos, bajo un cielo azul brillante. Ella va vestida de policía y yo llevo el traje a rayas de los presos. Mi cerebro lo hace constantemente: me muestra escenas muy realistas, tanto que me arrastran a su interior. Me ayudan a evadirme del mundo real.

Reuniendo fuerzas, me obligo a hacer algo que en realidad no quiero hacer. Escapar de esta maestra que no me dejará en paz hasta que se salga con la suya.

Tomo el lápiz y su postura se relaja, seguramente aliviada de pensar que me he rendido.

Se equivoca. Como sé que le gusta que los pupitres y las cosas estén limpios y ordenados, agarro el lápiz con el puño y rayo toda la superficie.

—Ally —se acerca a toda prisa—, ¿por qué haces eso?

Los garabatos circulares son grandes por la parte de arriba y más pequeños por la de abajo. Recuerdan a un tornado y me pregunto si habré dibujado mis propias sensaciones. La miro.

—Ya estaba así cuando me senté.

Todo el mundo se echa a reír… pero no porque me encuentren graciosa.

—Me parece que estás disgustada, Ally.

No lo disimulo tan bien como querría.

—Será friki… —susurra Shay, pero lo bastante alto para que todo el mundo la oiga.

Oliver ha empezado a dar golpecitos en el pupitre.

Me cruzo de brazos y miro a la maestra con atención.

—¡Ya está bien! —exclama la señorita Hall por fin—. Al despacho de la directora. Ahora.

Justo lo que quería, aunque ya no estoy tan segura.

—¡Ally!

—¿Eh?

Se oyen más risas. Ella levanta la mano.

—El que vuelva a reírse se queda sin recreo.

Todo el mundo guarda silencio.

—¡Ally, he dicho que al despacho!

No puedo ir al despacho de la directora, la señora Silver, otra vez. Lo visito tan a menudo que pronto colgarán una pancarta que diga ¡BIENVENIDA, ALLY NICKERSON!

—Perdón —me disculpo, y lo digo en serio—. Escribiré la composición. Lo prometo.

Ella suspira.

—Está bien, Ally, pero si el lápiz se detiene un solo segundo, te marchas.

Me traslada a la mesa de lectura, junto a un mural del día de Acción de Gracias dedicado a la importancia de estar agradecido. Mientras tanto, rocía mi mesa con limpiador. Y me mira como si quisiera rociarme a mí también. Borrar a la tonta.

Bizqueo un instante. Ojalá no me molestaran tanto las luces. Y luego intento sostener el lápiz como se supone que debería y no de la manera rara en que mi mano se empeña en agarrarlo.

Escribo con una mano, escondiendo el papel con el brazo. Sé que no debo dejar de escribir si no quiero ganármela otra vez, así que anoto una y otra vez las palabras «por qué», de principio a final de la página.

En parte, porque sé cómo se escriben, y en parte, porque espero que alguien me conteste de una vez.

# 2

## La tarjeta amarilla

Para la fiesta de despedida de la señora Hall, Jessica ha traído un ramo de la florería de su padre. Es tan inmenso que jurarías que ha arrancado un arbusto del suelo y ha envuelto el tronco con papel de aluminio.

Y qué. Me da igual. Yo le he traído una tarjeta con rosas amarillas. Y las flores de una imagen no se secan al cabo de una semana. Supongo que es mi manera de pedirle perdón por haber sido tan latosa.

Max le entrega su regalo a la señora Hall. Se apoltrona en la silla y se lleva las manos entrelazadas a la nuca mientras ella lo abre. Son pañales. Creo que lo ha hecho para provocarla y parece decepcionado cuando ella se pone contenta.

A Max le gusta llamar la atención. También le gustan las fiestas. Casi cada día le pide a la señora Hall que celebremos una y hoy por fin lo ha conseguido.

Cuando la señora Hall saca mi tarjeta del sobre, no la lee en voz alta, como ha hecho con las demás. Vacila. Debe de ser porque le encanta. Me siento orgullosa, algo que no me pasa muy a menudo.

La señora Silver se inclina también para mirarla. Supongo que, por una vez, me hará un cumplido, pero no. En lugar de eso, frunce el ceño y me indica mediante gestos que salga de clase.

Shay se ha levantado para mirar. Se ríe y dice:

—Cada vez que Ally Nickerson mete su cuchara, estamos más cerca del país de los tontos.

—Shay, siéntate —le ordena la señora Hall, pero es demasiado tarde. No se puede borrar algo que ya se ha dicho. Debería estar acostumbrada, pero siempre que sucede me quedo hundida.

Mientras Shay y Jessica se ríen, recuerdo que la semana anterior, con motivo de la fiesta de Halloween, acudimos a clase vestidos de nuestros personajes de libro favoritos. Yo me disfracé de *Alicia en el país de las maravillas*, el libro que mi abuelo me leyó sepetecientas mil veces. Shay y su sombra, Jessica, se pasaron todo el día llamándome «Alicia en el país de las tonterías».

Keisha da un paso hacia Shay y le dice:

—¿Por qué no te ocupas de tus cosas por una vez?

Keisha me cae bien. No tiene miedo de nada. Yo siempre estoy aterrorizada.

Shay se da la vuelta deprisa, como si intentara matar una mosca.

—¡No te metas donde no te llaman! —le suelta.

—Tienes razón, no es asunto mío, pero tuyo tampoco —replica Keisha.

La otra toma aire de golpe, indignada.

—Pues ignórame.

—Pues no te portes tan mal —contesta ella, echándose hacia adelante.

Max se cruza de brazos y se inclina hacia el pupitre.

—¡Sí! ¡Pelea, pelea! —exclama.

Suki sostiene una de sus piezas de madera en la mano. Tiene toda una colección, que guarda en una caja, y me he fijado en que saca una cada vez que se pone nerviosa. Ahora está nerviosa.

Shay le lanza a Keisha una mirada asesina. Keisha es nueva y me sorprende que se atreva con Shay.

La clase entera está frenética y yo no entiendo cómo ha ocurrido.

Mientras la señora Hall les ordena a las dos que se callen y le explica a Max que es de tontos incitar a sus compañeros a pelearse, la señora Silver me llama desde la puerta. Pero ¿qué diablos está pasando?

Ya en el pasillo, me doy cuenta, por la expresión de la señora Silver, que hoy, como muchas otras veces, voy a tener que disculparme o explicarle por qué he hecho tal o cual cosa. Lo malo es que no tengo ni idea de cómo la he fastidiado esta vez.

Me meto las manos en los bolsillos para impedir que hagan algo de lo que tenga que arrepentirme. Ojalá pudiera meterme la lengua en el bolsillo también.

—No lo entiendo, Ally —me dice—. No es la primera vez que haces algo inconveniente, pero esto es… Bueno… distinto. No es propio de ti.

Yo alucino. Para una vez que hago algo bonito, me dice que no es propio de mí. No entiendo qué tiene de malo comprar una tarjeta.

—Ally —continúa la señora Silver—, si lo que quieres es llamar la atención, no son formas.

Se equivoca. Tengo tanta necesidad de llamar la atención como un pez de ponerse un visor para bucear.

La puerta se abre de golpe, se estampa contra los casilleros, y Oliver sale del aula.

—Ally —dice—, le has regalado esa tarjeta para decirle que sientes que tenga que dejarnos para ir a tener un bebé estúpido, ¿verdad? Debe de estar muy triste. A mí también me da pena.

¿De qué habla?

—Oliver —lo regaña la señora Silver—, ¿se puede saber qué haces aquí afuera?

—¡Sí! Iba a… Este… Iba… al baño. Sí. Eso es —y sale corriendo.

—¿Me puedo marchar? —susurro, porque no puedo seguir ahí de pie ni un segundo más.

Ella menea un poco la cabeza mientras sigue hablando.

—Es que no lo entiendo. ¿Por qué, en el nombre de Dios, le has regalado a una mujer embarazada una tarjeta de condolencias?

¿Una tarjeta de condolencias? Pienso. Y sigo pensando. Entonces lo recuerdo. Mi madre se las envía a las personas que han perdido a un ser querido. Se me encoge el estómago mientras me pregunto qué habrá pensado la señora Hall.

—Sabes lo que es una tarjeta de condolencias, ¿no, Ally?

Debería negarlo, pero asiento porque no quiero que la señora Silver me lo explique. Y además me creerá todavía más tonta de lo que soy. Si se puede.

—Y entonces ¿por qué lo has hecho?

Sigo allí plantada, pero me hago pequeñita por dentro. El caso es que me siento mal. O sea, me sentí fatal cuando murió el perro del vecino y no quiero ni pensar cómo me sentiría si muriera un bebé. Pero yo no sabía que fuera una tarjeta tan triste. Sólo vi unas flores preciosas. Y únicamente pensé en lo mucho que le gustarían a la maestra.

Por desgracia, hay montones de razones que me impiden contarle toda la verdad.

A ella, no.

Ni a nadie.

Por más que ruegue, me esfuerce y me prometa a mí misma que todo va a cambiar, para mí leer es como buscarle sentido a un plato de sopa de letras. No sé cómo lo hace el resto del mundo.

# 3

## Nunca depende de mí

Apoyada contra la pared del pasillo, me quedo callada. Pasan por mi lado unos cuantos niños, lo que me recuerda que voy en sexto, el grado más alto de la escuela. Pero me siento como una niña pequeña.

—Ally, ¿no tienes nada que decir? —me pregunta la señora Silver.

Me da miedo abrir la boca, porque a veces suelto cosas sin querer que empeoran la situación.

Al final me ordena que vaya a su despacho.

Espero en la oficina de la directora mirando por la ventana, en silencio. Me pregunto cómo será sentirse a gusto en la escuela y no tener que andar preocupada cada segundo de cada minuto del día.

Ojalá tuviera conmigo el Cuaderno de Cosas Imposibles. Es lo único que me hace sentir que no soy un completo desastre. Me gusta ver cómo las imágenes que tengo en la cabeza cobran vida en el cuaderno. Mi favorita últimamente es un muñeco de nieve que trabaja en una fundidora. Y entonces me doy cuenta de que lo más disparatado, raro e increíble que podría dibujar es a mí misma haciendo algo bien.

El suspiro de la señora Silver me devuelve a la realidad.

—Sumando el curso pasado y éste, no llevas aquí ni cinco meses, Ally, y ya has estado en este despacho demasiadas veces. Vas a tener que cambiar mucho —empieza.

Yo no digo ni pío.

—Depende de ti.

No depende de mí. Nunca depende de mí.

La señora Silver sigue soltando su sermón, que suena como un runrún de fondo. Como la radio del coche.

No sé cómo explicárselo. He cometido un error. Me da vergüenza y no quiero hablar de eso con ella.

Respira hondo.

—¿Querías hacerte la graciosa?

Sacudo la cabeza para negarlo.

—¿Pretendías lastimarla?

Levanto la vista a toda prisa.

—No. No quería lastimarla. Es que…

Y vuelvo a preguntarme lo mismo que antes. ¿Debería contárselo? Me siento como si estuviera sentada encima de una trampilla y tuviera al alcance de la mano el botón que me haría caer. Quiero hacerlo, pero me da miedo. Levanto la vista. Me mira con infinita decepción. Otra vez. Y me digo que no serviría de nada. Ya piensan que soy una lata, así que ¿por qué añadir «tonta» a su lista? De todas formas, no pueden ayudarme. ¿Cómo se cura la estupidez?

Así que vuelvo a mirar por la ventana. Me aseguro de mantener la boca bien cerrada.

He asistido a siete escuelas distintas, y si algo he aprendido, es a cerrar el pico. A no discutir jamás, a menos que sea imprescindible.

Me doy cuenta de que estoy apretando los puños. La señora Silver los está mirando.

Se sienta a mi lado.

—Ally, a veces tengo la sensación de que te gusta meterte en líos —se inclina hacia adelante una pizca—. ¿Es verdad?

Sacudo la cabeza de lado a lado.

—Vamos, Ally, dime qué te pasa. Deja que te ayude.

La miro un momento y aparto la vista. Murmuro:

—Nadie puede ayudarme.

—Eso no es verdad. ¿Por qué no me dejas intentarlo? —señala el cartel de la pared—. ¿Me puedes leer eso, por favor? —pide—. En voz alta.

En el cartel aparecen dos manos extendidas a punto de tocarse.

Genial. Seguro que es alguna máxima sensiblera sobre la amistad o sobre la importancia de prestarse apoyo o algo así. Yo ni siquiera tengo amigos.

—Vamos, Ally. Léemelo, por favor.

Las letras del cartel parecen escarabajos negros que corretean por la pared. Podría deducir casi todas las palabras, pero tardaría siglos. Y si encima estoy nerviosa, olvídalo. Mi cerebro se queda en blanco como un pizarrón magnético Telesketch después de colocarlo boca abajo y agitarlo. Gris y vacío.

—Bueno, ¿qué dice? —vuelve a preguntar.

—No hace falta que se lo lea. Ya lo capto —contesto, e intento librarme de ésta—. De verdad. Lo sé perfectamente.

—Yo no estoy tan segura, pequeña. Creo que deberías tenerlo más en cuenta.

Ahora me gustaría saber lo que dice el cartel. De todas formas, intento no mirarlo. No quiero que siga hablando de eso.

Suena el timbre.

La señora Silver se pasa los dedos por el pelo.

—Ally, no sé si pretendías burlarte o si te disgusta que la señora Hall se vaya o qué, pero me parece que esta vez te has pasado de la raya.

Me imagino a mí misma cruzando la línea de meta. Mi cuerpo rompe la cinta roja. La multitud me vitorea y el confeti revolotea por el aire. Aunque ya sé que no se refiere a eso.

—A partir del lunes, el señor Daniels será tu nuevo profesor. Intentemos evitar cualquier problema, ¿entendido?

Pienso que, en mi caso, pedirme que evite los problemas es como pedirle a la lluvia que rehúya del cielo.

Me despide con un gesto y, mientras me levanto, vuelvo a mirar el póster. Ojalá supiera lo que se supone que debería tener en cuenta, porque soy consciente de que me queda mucho por aprender.

Suspira mientras salgo de su despacho y comprendo que está harta de mí.

Hasta yo estoy harta de mí.


Cuando me alejo a toda prisa del despacho, los pasillos están llenos de niños. Vuelvo al aula para pedirle perdón a la señora Hall antes de que se marchen los autobuses. Corro hasta ella y le doy unos toquecitos en el hombro.

Cuando se vuelve hacia mí, su cara se entristece antes de recomponerse. Me quedo allí pensando lo mucho que lo siento. Espero que no vaya a pensar que le deseo algo malo a su bebé.

No sé por qué, pero no me salen las palabras. Mi mente hace lo del pizarrón magnético otra vez. En blanco.

—¿Qué pasa, Ally? —me pregunta por fin. Se coloca las manos sobre la enorme barriga como si quisiera protegerla.

Me doy media vuelta y salgo de la clase como una flecha. Recorro el pasillo hasta la puerta principal. Los autobuses se alejan sin mí. Es justo, supongo. Merezco ir caminando.

Todo el largo camino. Y sola.

# 4

# El pájaro enjaulado

Cuando llego a la avenida Park, me dirijo a la Granja A. C. Petersen, que es un nombre bastante raro para un restaurante, lo sé. Tienen fotos de vacas tanto dentro como fuera, pero el restaurante se encuentra en una calle muy transitada con un montón de tiendas. Me pregunto si en mitad de la nada habrá un restaurante llamado Ciudad Abarrotada.

Mi madre me está esperando.

—¿Dónde te habías metido? Estaba muy preocupada —me dice mientras se seca las manos en el delantal.

—Perdí el autobús y tuve que venir andando.

Menea la cabeza.

—Siéntate ahí mismo y ponte a hacer la tarea —me indica. Con la barbilla, señala el fondo de la barra. Siempre me pide que me siente en el mismo sitio. Dice que así me tiene controlada—. ¿No tienes nada que contarme? —se ve cansada.

—Te han llamado, ¿no? —le pregunto.

—Sí. No sé cómo se te ha ocurrido hacer algo así, Ally.

No parece enfadada, sino triste. Y eso es peor, pienso.

Hay una charola con copas llenas de helado de colores vivos. Fresa, pistache, mora. Rosa, verde y morado. Me gustan los colores colocados en fila y me pregunto qué cosas imposibles podría dibujar relacionadas con helado. Quizá ríos de sorbete deshecho. Y un hombre con la cabeza en forma de barquillo sentado en una barca de banana split y remando con una cuchara.

—¡Ally! ¿Me estás escuchando?

—Ay, perdona —murmuro, y me doy impulso con el pie para hacer girar el taburete.

—Yo ya no sé qué decirte.

El jefe de mi madre la mira por encima de los lentes.

Ella baja la voz.

—Tú haz la tarea. Ya hablaremos en casa. Y, por favor… deja de dar vueltas en el taburete.

—Perdona. De verdad. Pensaba que a la señora Hall le gustaría la tarjeta.

—¿Cómo le iba a gustar? —se desespera. Toma la charola con los helados y se aleja.

Yo saco un libro y lo abro, pero las letras bailotean y se emborronan. ¿Cómo se las arreglan los demás para leer letras que se mueven?

En lugar de leer, me quedo mirando el líquido humeante que cae de la cafetera y empiezo a imaginar volcanes escupiendo humo. Y dinosaurios alrededor, tomando café mientras observan los meteoros gigantes que surcan el cielo y comentan lo bonito que es el espectáculo. Ellos no tuvieron que ir a la escuela. Qué suerte. Agarro una servilleta y empiezo a dibujarlos para el Cuaderno de Cosas Imposibles.

Al cabo de un momento, veo el delantal de cuadros blancos y negros de mi madre frente a mí.

Levanto la vista.

—Te lo juro. No sabía que fuera una tarjeta de con… de con… una tarjeta para personas muertas.

—Es una tarjeta de condolencias —me aclara—. Y es para las personas que echan de menos a alguien que ha muerto. No para el muerto.

—Ah, ¿y no te parece que es el muerto quien más la merece?

Y se echa a reír. Apoya el codo en el mostrador y levanta la otra mano para posarla en mi cara. Lo hace con cariño y a mí me alivia saber que no está enfadada conmigo.

—Eres muy graciosa, ¿sabes?

Luego tuerce el cuerpo para ver la servilleta de los dinosaurios tomando café.

—¿Qué es?

—Una idea que he tenido para el Cuaderno de Cosas Imposibles.

Se queda mirando el dibujo.

—Ay, tu abuelo sabía que tenías talento. Se sentiría muy orgulloso de ti al ver lo mucho que trabajas. Y se pondría muy contento de saber que bautizaste tu cuaderno de dibujo en honor a *Alicia en el país de las maravillas*. Le encantaba leértelo —me mira—. Igual que me lo leía a mí cuando era pequeña.

*Alicia en el país de las maravillas*. Un libro que trata sobre un mundo donde nada tiene sentido para mí tenía mucho sentido.

—Echo de menos al abuelo —digo. Unas palabras que rebosan tanta tristeza como los árboles rebosan hojas.

—Yo también, cariño.

—Me encantaba que se mudara para estar cerca de nuestra casa cada vez que destinaban o desplegaban a papá a un sitio nuevo. Me resulta raro pensar que no sabe que nos hemos vuelto a mudar.

Ella me da unos golpecitos en la punta de la nariz.

—No sé, cariño. Yo creo que sí lo sabe.

En ese momento, reconozco unas voces procedentes del otro lado de las puertas de cristal. Son Shay y Jessica.

Cuando me doy media vuelta para mirarlas, Shay exclama:

—Vaya, mira quién está aquí. Es Ally Nickerson.

Saben que mi madre trabaja en este restaurante y ya me han visto aquí otras veces. No creo que hayan venido por casualidad.

—Ally —dice Shay—, no has vuelto a clase. Estábamos preocupadas por ti.

Vaya chiste. Les doy la espalda mientras ellas intercambian susurros. Entonces Jessica me pregunta:

—¿Por qué no vienes a sentarte con nosotras?

Su voz me hace pensar en un alfiler oculto en un caramelo.

Mi madre me indica que las siga por señas.

—Ve, cariño. Puedes tomar un descanso.

Yo le lanzo una mirada de «está bien» mientras Shay repite burlonamente la palabra «cariño» con voz de niña pequeña.

Me parece que mi madre no la ha oído, porque me susurra:

—Te hará bien tener amigas. No te hará ningún daño darles una oportunidad, al menos.

Llega una mesera para acompañarlas a una mesa, pero Shay pregunta:

—¿Nos podemos quedar en la barra?

Genial.

Se sientan a dos taburetes de distancia.

Mi madre se inclina hacia mí y cuchichea:

—¿Por qué no te cambias de sitio y te sientas con ellas? Están echándote una mano.

Echándome una mano con un cebo envenenado.

Me acuerdo del departamento en el que vivimos una vez. Nuestros caseros criaban llamas en su terreno. A mí me encantaban, pero mi madre decía que apestaban. Le susurro:

—Es más probable que me regales una llama como mascota a que me siente con ellas.

Ella esboza una leve sonrisa.

—¿Y qué nombre le pondremos a la llama?

Yo bizqueo y digo que no con la cabeza.

Ella resopla.

—Qué terca eres.

Shay y Jessica nos miran como dos gatos pendientes de unos pajaritos enjaulados.

Mi madre saca su libreta de mesera y se acerca a ellas.

—Hola, chicas. ¿Qué les traigo?

Jessica pide helado de fresa, pero al ver que Shay lo quiere de chocolate, le dice a mi madre:

—Ay, qué buena idea. Yo también lo tomaré de chocolate.

Pongo los ojos en blanco. Típico de Jessica.

En cuanto mi madre se aleja, Shay continúa:

—¿Qué, Ally?

Yo le echo una ojeada.

—¿Por qué le has llevado esa tarjeta a la señora Hall? Ha sido, o sea, muy feo.

Como no puedo contestar, me quedo mirando el libro. No pienso hacerles caso. No es la primera vez que se burlan de mí.

Jessica se echa a reír.

—¿Tu madre siempre ha sido mesera?

—No —le suelto—. Antes era astronauta.

Se ríen a carcajadas. En la cocina, mi madre sonríe. Piensa que nos estamos haciendo amigas.

—Mi padre —empieza a decir Jessica— es el dueño de una florería y dice…

Shay la interrumpe.

—Ally, a lo mejor tú también puedes trabajar de mesera cuando seas mayor. ¿Por qué no me lees los sabores de los helados? Es que no los veo bien.

Señala el cubo colgado del techo que gira despacio con una lista de los sabores en cada cara. El movimiento me dificulta la lectura todavía más, si es posible.

Me arde la cara. Oh, no. ¿Se han dado cuenta de que no sé leer?

Mientras se ríen, recuerdo que el año anterior, cuando acababa de llegar a la escuela, me pidieron que leyera en voz alta. Sabía que no debía hacerlo, pero a veces una vocecilla interior idiota me dice que las cosas cambiarán y que lo intente. Y siempre fracaso. Aquel día, leí que los macarrones nadan a treinta kilómetros por hora. El texto hablaba de manatíes. Toda la clase se echó a reír, claro. Por suerte, la maestra también, así que fingí que había cambiado la palabra adrede.

Me levanto, paso por detrás de ellas, doblo la esquina y entro en la trastienda. En teoría, no debería estar aquí, pero es el único sitio al que no me pueden seguir. Me escondo detrás de las estanterías de metal que contienen latas de conservas, pepinillos y cátsup más grandes que mi cabeza. Con la espalda apoyada contra la pared, veo palabras y más palabras a mi alrededor. En las cajas, en las latas y en las enormes botellas de plástico.

Palabras. Nunca consigo escapar de ellas.

Recuerdo que una vez, en segundo, la maestra escribió un montón de letras y me preguntó qué decían. Yo no tenía ni idea, pero tampoco me extrañó.

—Es tu nombre, Ally. Ally Nickerson.

Quién iba a decir que una niña de segundo podía entender lo que significa sentirse humillada.

Se me saltan las lágrimas, pero me las trago porque sé que me encontrarán enseguida. Me preocupa tanto que esas dos hayan descubierto mi secreto que tengo la barriga como si me hubieran pegado una patada.

—¿Ally? —pregunta mi madre cuando se asoma por la esquina—. Tus amigas se han ido. ¿Qué haces aquí escondida?

No se lo puedo decir. Le hace mucha ilusión pensar que tengo amigos.

—¿Cielo?

—Estaba mirando los ingredientes del cátsup.

Frunce el ceño. Sabe que pasa algo, pero paso por su lado y me alejo antes de que me haga más preguntas. Vuelvo a entrar en el comedor, seguida de mi madre, y me siento junto a los platos vacíos de Shay y Jessica. Tengo la sensación de que significan algo. Quizá que yo soy un plato vacío comparada con el resto del mundo.

Aunque, por encima de todo, esos dos platos me producen la sensación de que este año escolar va a ser el peor de mi vida. Y eso es decir mucho.

# 5

# Dólares de plata y monedas falsas
# de cinco centavos

La puerta trasera se abre y aparece mi hermano, Travis, apestando a grasa. Como si se hubiera revolcado en ella. Me siento mejor al instante.

—¿Cómo está mi hermana pequeña favorita?

—Soy tu única hermana pequeña.

—Da igual. Seguirías siendo mi favorita —sonríe—. ¿Sabes qué? ¡Hoy tu hermano mayor favorito ha tenido un día de dólar de plata!

Pienso en mi padre y en el abuelo, que siempre nos preguntaban si nuestro día había sido de «dólar de plata» o de «moneda falsa de cinco centavos».

Travis está haciendo eso de agitar los dedos en el aire y me pregunta, como todos los días:

—¿Qué son?

Lo veo mayor, más parecido a mi padre, al que desplegaron justo antes de Acción de Gracias el año pasado. Me costaba sentirme agradecida una vez que mi padre se hubo marchado. Sobre todo porque el abuelo había muerto tres meses antes.

—¿Las manos de un genio? —adivino.

—¡Premio para la señorita!

—¿Te das cuenta de que todos los días llegas a casa y me pides que te haga caravanas?

—En realidad, no —dice, y abre el refrigerador—. Sólo te pido que constates un hecho.

—Eres increíble.

—¡Exacto! —exclama señalándome con el dedo—. ¿Y sabes qué? Hoy he terminado de restaurar una máquina antigua de Coca-Cola. El cacharro tiene como setenta años —abre una lata de refresco—. Esos trastos valen un dineral una vez arreglados —levanta la lata—. Mira esto. Una decepción comparado con esas viejas botellas verdes.

Travis debe de estar contento. Cuanto más contento está, más se emociona.

—Y he conseguido una máquina de chicles de bola antigua —continúa—. De esas que funcionan con monedas. Me pagarán por ella diez veces más de lo que me ha costado —se calla y da un sorbo—. Aunque tendré que invertir algo de dinero y horas primero.

Se acerca como si quisiera revolverme el pelo, pero intercepto esas manos sucias.

—¡Ni hablar! —me río—. ¡No me toques!

—Va, ok, Al… He tenido un día fantástico. ¿Y sabes qué? Ya casi he ahorrado lo suficiente para comprar un armario de herramientas giratorio. Y algún día tendré mi propio letrero de neón —desplaza la mano por el aire como si me estuviera enseñando una cadena de montañas—. «Reparaciones Nickerson.» Mi propio taller. Mi nombre, nuestro nombre, brillará con luz propia, Al —pero entonces su voz se apaga—. Sólo tengo que dejar la escuela. Somos como aceite y agua, la escuela y yo. Ojalá mamá no me obligara a ir.

—Si la dejaras, te mataría.

—Ya. Y papá también. Y estar muerto no sería bueno para el negocio —sonríe—. Por suerte, no falta mucho. Estoy aprendiendo muchísimo en el taller. El jefe me deja hacer un montón de cosas distintas.

Sonrío.

—Dentro de nada me compraré un coche. Un clásico. Un V6 mínimo.

Dicho esto, se marcha y yo sigo oliendo la grasa incluso cuando ya no está.

Me alegro de que haya tenido un día de moneda de plata.


Cuando mi madre llega a casa por fin, ya me he calentado la cena en el microondas y estoy mirando la tele mientras hago bocetos de un personaje llamado Butch Cassidy. Con un nombre así, le pongo un sombrero de vaquero, un pañuelo al cuello y una cartuchera, pero en la funda de la pistola lleva una mazorca de maíz.

Mi madre apaga la tele en cuanto entra y presiento lo que me espera.

—¿Qué? —empieza—. ¿Cuándo vamos a hablar de lo que ha pasado hoy?

—Cuando cumpla noventa y cinco.

—Qué graciosa —desplaza el peso del cuerpo de una pierna a otra—. Intento tener paciencia, cariño. De verdad que sí. Pero hoy tenían una fiesta. ¿Cómo es posible que arruines una fiesta?

—Yo no he hecho nada. Todos me odian —le suelto.

—Lo dudo mucho. Pero ¿no te das cuenta de que al final ·se van a cansar de tu conducta? ¿De todas esas payasadas que haces y dices para hacerlos reír?

No lo entiende. Hacer reír sin proponértelo es horrible. Reírte con los demás porque no tienes remedio es humillante.

—Ay, Ally… Eres demasiado lista para hacer esas cosas. La escuela es demasiado importante para tomártela a broma. No quiero que tengas que pasarte horas y horas de pie por unas cuantas propinas, como yo. Quiero algo mejor para ti. Y eres demasiado lista. Se te dan bien las matemáticas. Tienes un don para dibujar. ¿No crees que va siendo hora de que dejes de hacer el ridículo?

—No soy tan lista. Tú siempre lo dices, pero no lo soy.

—Vamos, las dos sabemos que eso no es verdad. Sólo tienes que esforzarte un poco más.

Estoy harta de esta conversación. La hemos mantenido cientos de veces, y eso que mi maestra de tercero le dijo que tal vez yo tuviera pocas luces y que no debería esperar demasiado de mí. Mi madre la miró con los ojos como platos, muy brillantes, al oír aquello y a mí me dolió y me avergonzó que tuviera que cargar con una hija como yo.

De todas formas, ella nunca se creyó lo que le había dicho aquella maestra. A veces me gustaría que lo hubiera hecho, pero la mayor parte del tiempo le agradezco que no lo hiciera.

Se inclina hacia mí para mirarme fijamente a los ojos.

—Sé que tanto traslado ha sido difícil para ti. Y sé que trabajo muchas horas y que no puedo ayudarte con la tarea. Es normal que te cueste seguir el ritmo de algunas materias, lo entiendo. De verdad que sí. Pero vas a tener que esforzarte más, Ally. El que quiera celeste, que le cueste.

—Me esforzaré —prometo. Antes se lo decía en serio. Ahora me siento como si estuviera inventando una de mis historias.

Su sonrisa es triste.

—Bien —me planta un beso en la coronilla.

—¿Puedo poner la tele?

Se desata el delantal sin apartar los ojos de mí.

—¿Ya te bañaste?

—No —suspiro.

Sé, por su tono cansado, que no va a servir de nada discutir. De mala gana, me dirijo hacia el pasillo.

—Por cierto, ¡no quiero volver a oír eso de que todo el mundo te odia! —me grita—. ¿Quién iba a odiarte a ti?

Ojalá entendiera mi mundo, pero sería como intentar explicarle a una ballena cómo es la vida en un bosque.

# 6

## La moneda de tres caras

Travis abre la puerta de la casa de empeño y me hace un gesto para que entre delante. La campanilla anuncia nuestra llegada cuando golpea el cristal. El tufillo rancio de la tienda me despierta un montón de recuerdos. De los buenos tiempos. De cuando estábamos juntos. De cuando mi padre y mi abuelo nos llevaban a Travis y a mí a buscar monedas. A mi hermano y a mí se nos dan bien los números y el dinero, así que aprendimos deprisa.

Las tiendas favoritas de mi abuelo eran las viejas y polvorientas, porque son las que tienen rollos de monedas sin romper al fondo de la caja fuerte. Cuando los dueños de las tiendas nos cambiaban los billetes nuevecitos por esos viejos rollos, corríamos a casa para comprobar qué contenían. A veces encontrábamos una moneda de cinco centavos con la imagen de un bisonte, una de diez del dios Mercurio o un penique con la cabeza de un indio. Entonces nos sentíamos un poco como si fuera Navidad. Estar aquí hace que me muera por retroceder en el tiempo.

El hombre que se encuentra detrás del mostrador no nos saluda. Mueve con la lengua de un lado a otro el palillo que lleva en la boca. En parte es impresionante, y en parte, lo más asqueroso que he visto en mi vida.

Travis apoya las puntas de los dedos en el cristal del mostrador y echa un vistazo a un estuche lleno de monedas.

—¿Querían algo? —el hombre no habla como, según mi madre, se les habla a los clientes.

—Quiero comprar unas monedas —dice Travis.

—Ah, ¿sí?

—Sí.

Mi hermano se frota la barbilla con los nudillos, como suele hacer cuando se pone nervioso.

El hombre se quita el palillo de la boca. Lo usa para señalar a Travis.

—¿Tienes dinero o eres un estafador?

Travis hace lo que mi padre nos dijo que no hay que hacer nunca. Le enseña el dinero. Y no lo que cualquier persona llevaría encima. Le muestra un rollo de billetes sujetos con una liga.

El hombre abre los ojos como platos. Le pregunta:

—¿Buscas algo en especial?

—Busco monedas de la serie Libertad.

Saca varias. Hay una de diez centavos con una cabeza que parece tener alas en lugar de orejas.

—¡Me acuerdo de ésas! —exclamo—. Son como la que papá lleva en la cartera.

Travis les da la vuelta en su mano.

—Ya. ¿Tiene algo menos común?

El hombre levanta las cejas. Busca en un cajón.

—Ésta es rara, pero te costará lo suyo.

—No me importa pagar por algo especial.

—Ok —contesta él—. Ésta es especial —deja un centavo encima del mostrador.

Mi hermano lo toma y frunce el ceño.

—Es más pequeño que un penique normal.

El hombre asiente.

—Sí. Es una rareza.

Travis me echa un vistazo y luego se vuelve otra vez hacia el hombre.

—¿Cuánto?

—Bueno, si entiendes algo de numismática, sabrás que las monedas con algún defecto valen más que las normales.

«¿Tienen algún defecto y valen más?»

—Ya se lo he dicho —insiste Travis—, ¿cuánto?

El hombre ladea la cabeza.

—Bueno, normalmente pediría ochenta, pero te cobraré… pongamos… ¿setenta y cinco?

Mi hermano sonríe. Incluso yo recuerdo que mi padre solía insistir en que no se debe sonreír cuando te dan una cifra. Nunca. Aunque sea la mejor oferta del mundo. Y ahí está él, sonriendo como si acabara de tocarle la lotería. Procuro ponerme seria por los dos.

—Vaya, qué generoso de su parte. Setenta y cinco por un centavo que ha sido sumergido en ácido nítrico.

Al hombre se le borra la sonrisa de la cara.

—Apuesto a que la policía está deseando investigar un fraude de nada.

—Oye, verás…

Travis lo interrumpe.

—Mire, no me chupo el dedo. Déjese de tonterías —Travis señala una moneda del interior del estuche, que tiene acuñada una mujer envuelta en un velo, con los rayos del sol a su espalda. Es preciosa—. Esa Libertad de medio dólar de 1933. ¿Cuánto pide por ella?

—Bueno, ésa está en perfecto estado. De hecho…

—Usted dígame el precio —lo corta Travis y se inclina sobre el mostrador con las palmas de las manos en el cristal.

—Cuarenta y cinco.

—Treinta y seis, y añade el Mercurio de diez centavos para mi hermana pequeña.

Lo miro sorprendida. ¿Para mí?

Y entonces hago cálculos. Sí. Ha aplicado la regla de mi padre de ofrecer un veinte por ciento menos de lo que le piden. Aunque Travis ha apretado las tuercas.

El hombre entorna los ojos.

—Cuarenta.

Mi hermano asiente.

—Hecho —planta el dinero sobre el mostrador.

Cuando salimos, Travis me tiende la moneda de diez centavos.

—¡Es preciosa! Me encanta. Gracias, Travis. Eres el mejor.

Parece un poco triste cuando mira la moneda.

—¿Sabes? El abuelo nació en 1933. Por eso escogí estas monedas. Las dos se acuñaron en ese año.

Echo un vistazo a la fecha del Mercurio. Ojalá las personas duraran tanto como las monedas.

Cuando subimos al coche, Travis me dice:

—¿Has visto? El hombre ese me ha tomado por tonto y ha intentado engañarme. Recuerda, Ally, cuando la gente te subestima, a veces puedes usarlo en tu favor —me mira a los ojos y me señala la nariz—. Siempre y cuando tú no te subestimes a ti misma, ¿me oyes?

Asiento, aunque estoy pensando que, hoy por hoy, me cuesta horrores no hacerlo.

# 7

## Nada de abuelos aquí

Me siento en la cama con mi ejemplar de *Alicia en el país de las maravillas* entre las manos. La temblorosa letra de la primera página dice: «Para Ally, mi niña maravillosa. Con cariño, tu abuelo». Aunque el libro es viejo, los colores siguen siendo vivos. Las páginas son suaves, y la letra, más grande que la de los libros de ahora. A pesar de todo, no puedo leerlo sola. Me siento como si tuviera un regalo guardado en una vitrina bajo llave.

Estoy tristona, pero me pasa todos los domingos por la noche. Es la idea de otra semana de clases por delante. Como si supiera que al día siguiente tengo que hacer pasar a un camello por el ojo de una aguja.

Por otro lado, mañana viene el nuevo profesor. Lo de «señor Daniels» suena a abuelito con los bolsillos llenos de paletas, lo que podría estar bien. Espero que dedique mucho tiempo a arreglarse el moño de la corbata, que nos hable de «los viejos tiempos» y que no nos haga trabajar demasiado.

Pero, cuando llego a clase, descubro que el señor Daniels no es ningún abuelo. Es más joven que la señora Hall. Lleva una chamarra oscura y una corbata con círculos de colores. Al acercarme, descubro que son planetas.

Casi toda la clase se ha reunido a su alrededor. Dejo mis cosas en los casilleros y me acerco. Dice:

—Mi vaca tiene muy juntas sus uñas negras —y afirma que es una manera sencilla de memorizar los planetas en orden desde el sol.

Albert, cuyo cabello me recuerda a un nido de pájaros, está de pie a su lado.

—A mí me da pena Plutón.

Lo miro y, sin poder evitarlo, me fijo en los moretones que lleva en los brazos.

—Toda la vida siendo un planeta y de repente, porque alguien lo dice, ¿deja de serlo? Es muy pequeño. Está demasiado lejos. Gira en una órbita rara.

—No creo que a Plutón le importe, Albert —murmuro.

Se sienta en su pupitre y dice:

—Bueno, pues a mí sí.

Me siento mal por él y me dan ganas de preguntarle por los moretones. Es grande y torpe, pero no está gordo. Los *bullies* no suelen tomarla con los niños de su tamaño.

Retiro la silla y me siento. «De acuerdo —pienso—, hoy lo haré mejor. Voy a esforzarme más. Es lo único que tengo que hacer. Esta vez, me voy a concentrar al cien.» Aunque sé que eso ya lo he intentado y no funciona.

Leer, en mi caso, se parece a cuando se me cae algo al suelo y estiro los dedos para agarrarlo, lo rozo y, justo cuando creo que ya lo tengo, se me escapa. Si intentarlo sirviera para algo, sería un genio.

El señor Daniels está plantado delante de mí. Contengo la respiración y me echo hacia atrás. Él me tiende la mano.

—Soy el señor Daniels. Encantado de conocerte —me saluda.

Shay se inclina hacia Jessica.

—Supongo que no sabe con quién está hablando.

Como de costumbre, casi todas sus amigas se echan a reír.

—Eh —dice el señor Daniels girándose hacia ella—, eso no estuvo bien. En esta clase, no hacemos esas cosas —lo cual borra la sonrisa de la cara de Shay. Entonces se vuelve hacia mí—. ¿Cómo te llamas?

—Ally Nickerson —respondo, tan bajo que casi no me oigo ni yo.

—Bueno, ¿y no me vas a estrechar la mano, Ally Nickerson? —me pregunta—. Los lunes no muerdo.

Genial. Justo lo que necesitaba. Un tipo gracioso por maestro. Le estrecho la mano, pero sólo un segundo. Ya se me ha disparado la imaginación. Me pregunto qué barbaridades le habrá contado la señora Silver. Qué me tendrán preparado. Me veo a mí misma con el cuerpo atado a las vías del tren, igual que los personajes de las películas mudas, en blanco y negro, del abuelo.

—¡Muy bien, Fantásticos! ¡Todos a sus sitios! —exclama—. ¡Es hora de quemar las naves!

Todo el mundo corre hacia sus pupitres, pero yo sigo tendida en las vías del tren imaginarias. Atada, viendo cómo la locomotora dobla la última curva.

# 8

## Vaya lío

Las clases con el nuevo profesor empiezan bien, porque a primera hora tenemos mate y el señor Daniels nos propone un juego llamado «el conductor del autobús». Dice:

—Tú eres el conductor.

Entonces se va inventando cuántas personas suben y bajan del autobús, y nosotros tenemos que sumar y restar los números mentalmente. Sin lápiz ni papel. Puro cálculo.

Cuando era más pequeña, me encantaban las matemáticas. Todo lo relacionado con los números. Pero ahora éstas incluyen letras. En plan: ¿a qué equivale la x? También incluyen historias muy largas con personajes y todo. En teoría, la historia desemboca en un número, pero a mí me impiden el paso las palabras.

El día se convierte en un centavo falso a la hora del almuerzo, cuando el señor Daniels me pide que me acerque a su mesa. Sostiene la composición que hice para la señora Halls, ésa en la que debíamos describirnos, la del «¿por qué?» escrito una y otra vez. Me da un vuelco el estómago.

—Bueno, me preguntaba qué significa esto, exactamente. ¿Puedes explicármelo? —me pide.

Me encojo de hombros.

—Estaba pensando que a lo mejor querrías escribir un solo párrafo para mí. Algo sobre ti. Me gustaría conocerte.

Me quedo callada. Con los maestros, si guardas silencio el tiempo suficiente, empiezan a hablar por ti. Responden en tu lugar y entonces tú solamente tienes que asentir. Así que espero.

Pero él también.

Por fin, dice:

—Vamos. ¿No quieres escribirme un párrafo?

Me pesa el cuerpo.

—No —respondo.

En realidad, no quiere conocerme. Le pasará lo mismo que a esos personajes de las películas de miedo que creen que quieren saber qué hay en el sótano pero, cuando lo descubren, siempre lo lamentan.

—¿Ally? ¿Has dicho que no? —pregunta, aunque no está enfadado.

Me convierto en piedra.

Inspira hondo y se echa hacia adelante.

—A ver, ¿es escribir lo que no te gusta?

Considero la posibilidad de decirle que no, que no es eso, pero hacerlo podría traerme problemas más tarde. Como en las partidas de ajedrez del libro de *Alicia en el país de las maravillas* del abuelo. Tienes que estar súper seguro antes de hacer el último movimiento. De todas formas, supongo que el señor Daniels ya conoce la respuesta, así que asiento.

—Y entonces ¿qué te gusta?

—Las alitas de pollo —digo.

Suelta una risita.

—¿Qué te gusta de la escuela?

—Marcharme.

Espera a que diga algo más.

—Me gustan las matemáticas. Y el arte. Me gusta dibujar.

—Ah, qué bien. ¿Dibujas mucho?

—Sí.

—¿Y qué pasa con la escritura? ¿Te cuesta escribir o es que no te gusta?

—Es fácil —miento—, pero aburrido.

—Bueno, a lo mejor podemos pensar algo para que te resulte más divertido. Para que te den ganas. Es una manera fantástica de explorar. Sé creativa. Hazte preguntas.

Señalo el papel.

—Ahí hay muchas preguntas.

—Sí —se ríe—. Ya lo creo.

Respira hondo.

—Mira, Ally, voy a ser sincero contigo. He hablado con la señora Hall y también con la señora Silver. Sé que has pasado mucho tiempo en el despacho de la directora desde que estás aquí. Tienes facilidad para conseguir que te envíen allí, pero a veces uno tiene facilidad para cosas que no le convienen.

Oh, oh.

—Sólo quiero que sepas que voy a hacer todo lo posible por no enviarte al despacho de la directora. Si tenemos algún problema, lo solucionamos juntos, tú y yo —me guiña el ojo—. Lo que pasa en el aula 206 se queda en el aula 206.

¿Qué?

—Así que no volveremos a involucrar a la señora Silver, ¿te parece? Ya tiene bastante trabajo por aquí.

Oh, no. ¿Acaba de darme la tarjeta de «queda libre de la cárcel»?

—Además —dice moviendo la cabeza para mirarme a los ojos—. Estoy de tu parte, ¿ok? Quiero ayudarte.

Así que quiere ayudarme, ¿eh? No tiene ni idea de dónde se está metiendo.

# 9

## Una bolsa llena de nada

Hoy teníamos que traer a clase un objeto que nos representara y mostrárselo al resto de los compañeros. A mí se me han ocurrido unas cuantas cosas, como un bote lleno de polvo o una bolsa llena de nada.

El señor Daniels pide voluntarios para empezar. Todos nos llevamos la sorpresa del siglo cuando Shay levanta la mano.

Se planta allí delante con una foto de su caballo, Diamante. Se descose hablando de lo mucho que lo quiere y de que lo monta varias veces a la semana, pero que cuidarlo le cuesta mucho trabajo. Nos enseña su casco de montar y también un saco muy lindo. ¿Habrá algo que no tenga esta chica?

Jessica ha traído una foto de Shay y nos cuenta lo buenas amigas que son, lo que me parece un poco raro, porque en teoría teníamos que hablar de nosotros mismos.

Oliver va dando saltitos hasta el pizarrón. Sus dos pies nunca pisan el suelo al mismo tiempo. Saca una bombilla.

—Yo soy… ¡el dador de LUZ!

—¿De verdad? —pregunta el señor Daniels.

—Bueno, mi padre. Vende lámparas. Y cuando sea grande, yo también seré representante. Venderé perchas.

—¿Perchas? —se extraña el señor Daniels.

—¡Sí! Porque he pensado que debería vender algo que esté en todas las casas, porque es mejor vender cosas que todo el mundo necesita, porque si vendes cosas que nadie necesita, no vendes nada, ¿no? Y todo el mundo necesita perchas.

El señor Daniels sonríe y le apoya la mano en el hombro a Oliver. Le dice:

—Oliver, eres un chico muy listo. ¿Lo sabías?

No llevo mucho tiempo en esta escuela, pero me da la impresión de que Oliver no oye eso a menudo. Se deja caer en la silla, que se inclina hacia atrás con el impulso, pero él se agarra al pupitre, se incorpora y se vitorea a sí mismo.

A continuación le toca a Albert. Como siempre, lleva la camiseta de «Flint» y moretones. De una bolsa de papel café saca un tarro lleno de un líquido transparente.

Carraspea.

—Esto es un grupo de moléculas formadas por dos átomos de hidrógeno y uno de oxígeno.

—¿Va a estallar? —grita Oliver.

Albert no contesta. Lo que hace es desenroscar la tapa y beberse el contenido, sea lo que sea. Yo, aunque estoy horrorizada, guardo silencio, pero Oliver se vuelve loco.

—¡Se lo ha bebido! ¿Lo han visto? ¡Ha bebido moléculas! ¡Qué asco!

—Sólo es agua —explica Albert.

Mientras el señor Daniels le hace preguntas, Shay le susurra a Jessica:

—¿Agua? ¿Qué pretende?

A Shay cada vez se le da mejor ser mala. Desde que el señor Daniels la dejó sin recreo por burlarse de Oliver, procura hacer sus comentarios cuando el maestro está ocupado o hablando con otra persona.

—Esta agua procede de un inmenso lago subterráneo que discurre a lo largo de kilómetros y kilómetros —anuncia Albert—. Es la misma agua por la que caminaban los dinosaurios hace cien millones de años y que bebían los hombres de las cavernas. Es la misma agua en la que nadaron los osos polares el año pasado y con la que se refrescaban los caballeros medievales después de las batallas.

Oliver y casi todos los chicos se levantan para verla mejor.

—¡Qué increíble, Albert! —se sorprende Max—. ¿De dónde la has sacado?

Jessica y Shay sonríen, y se inclinan hacia adelante para mirar a Max. Shay grita:

—¡Sí, Albert! ¿De dónde la has sacado?

—De la llave de mi casa.

¿Eh?

—El agua lleva aquí desde el nacimiento de la Tierra y se reutiliza una y otra vez. Es importante para mí porque, como científico e historiador, sé que no somos nada excepto un parpadeo en la vida de la Tierra. Un grano de arena en la inmensa playa del tiempo.

Los niños empiezan a lanzar gemidos de aburrimiento.

—Ya está otra vez el payaso —protesta Max.

—Sí. Cómo le gusta bromear —añade Jessica, girándose hacia Max.

—¡Vamos, ya está bien! —interviene el señor Daniels—. La idea de Albert es fascinante. Una reflexión muy interesante sobre cómo la Tierra recicla el agua una y otra vez. ¡Extraordinario, Albert!

A continuación llama a Keisha. Ella lleva una cajita en las manos y la sostiene como si contuviera algo muy delicado. Cuando saca una magdalena, los chicos se ponen a discutir sobre quién se la comerá.

—Ésta es una magdalena hecha por mí. No he usado una mezcla ya preparada; es casera.

—¿Y por qué es importante para ti? —le pregunta el señor Daniels.

—Me gusta hacer pasteles. Le dije a mi madre que, cuando sea grande, quiero tener mi propia pastelería y ella me contestó que no deje para mañana lo que pueda hacer hoy. Así que ésta es la primera magdalena que le enseño a alguien que no sea de la familia.

—Por Dios —susurra Shay—. Cualquiera diría que es la única persona del mundo que sabe preparar magdalenas. Y ni siquiera está decorada.

—Shay, por favor, procura ceñirte a los comentarios constructivos —le pide el señor Daniels.

—Sí, por fuera está aplastada —añade Keisha medio sonriendo a Shay—, pero lo que importa es el interior.

Saca un cuchillo de la caja y corta la magdalena por la mitad.

—Como ven, por dentro dice «ñam».

—¿Cómo has hecho eso? —pregunta Suki, y me sorprende oírla hablar. Casi nunca dice nada.

—He practicado moldeando letras con distintos tipos de masa. Planto las letras en la masa de la magdalena y, con mucho cuidado, las cubro con más pasta.

—¿Chupas la cuchara cuando terminas? —le pregunta Oliver—. A mí me gusta chuparla, pero mi madre dice que no está bien comer azúcar, así que no hace muchos pasteles, porque…

—Oliver —lo interrumpe el señor Daniels, y se jala el lóbulo de la oreja.

Oliver se calla al instante.

El maestro vuelve a mirar la magdalena.

—Guau, Keisha. ¡Es impresionante!

—Mi tienda se llamará Mensajes Secretos, la Manera más Deliciosa de Enviar una Nota.

—Es fantástico, Keisha —la elogia el señor Daniels—. Las posibilidades son infinitas.

Albert levanta la mano y el maestro le cede la palabra.

—En realidad, las posibilidades no son infinitas, porque al final se agotarían las combinaciones de letras con sentido. Además, el número de letras que se puede usar en cada magdalena también es limitado. Y usted ha dado a entender que todas las posibilidades son positivas, pero es probable que las negativas igualen a las positivas.

—La verdad es que tienes razón, Albert —reconoce el señor Daniels—, pero soy un optimista. ¿Qué le voy a hacer?

—Entonces ¿está de acuerdo en que las posibilidades no son infinitas?

—Bueno, estoy de acuerdo si lo planteamos desde el punto de vista de las matemáticas, pero no desde el humano. Creo que las cosas que pueden contarse no siempre son las más importantes. Lo que nos hace humanos no puede medirse. Como la creatividad de Keisha y lo mucho que trabajará —el señor Daniels se encoge de hombros—. Pero sólo es mi opinión, claro.

—Pero lo más importante siempre es aquello que se puede medir —insiste Albert—. Porque es lo que puede demostrarse.

—Bueno, querido jovencito, tendremos que convenir en que no convenimos —dice el señor Daniels. Se acerca a Albert y le da unas palmaditas en el hombro.

Entonces el maestro llama a Suki. Ella extrae unos saquitos de papel y empieza a repartirlos.

—He traído dos clases de comida para que prueben. Una se llama *hone-senbei* y es favorita de mi abuelo. Otra son bolitas de wasabi. Quizá les parezcan muy picantes. Comida americana sabe… —se vuelve hacia el señor Daniels—. ¿Cuál es la palabra correcta?

De repente, Max se levanta de un salto y corre hacia el grifo. Lo siguen Keisha y Jessica.

—¡Pica mucho! —grita Max.

Los tres se empujan unos a otros un poco para poder llenarse la boca de agua.

—Ah, sí —continúa Suki—. Se dice «sosa». Aquí la comida es sosa.

Parece encontrar a los tres niños que beben agua graciosos y extraños al mismo tiempo.

Pienso en lo duro que debe de ser mudarse a otro país y tener que aprender otra lengua. Yo no me las arreglo ni con una…

El señor Daniels se ríe mientras sostiene la bolita entre los dedos. Es redonda, de un verde claro.

—No parecen tan picantes.

Ahora, a la mayor parte de la clase le da pánico probar el wasabi, así que dejan las bolitas sobre la mesa. Suki parece un poco dolida.

Albert se mete una en la boca. Se la come, pero se pone rojo como un tomate. Incluso se le salen las lágrimas. Dice, casi sin voz:

—Me gusta, Suki. Gracias.

Qué amable es este Albert.

Oliver también se la come, pero se queda tan tranquilo.

—¿Oliver? —le pregunta el señor Daniels—. ¿A ti no te parece picante?

—Qué va. Soy el único de la familia que se acaba una gomita de canela picante sin sacársela de la boca. Mi madre dice que no tengo papilas gustativas y mi padre dice que…

El señor Daniels se jala el lóbulo de la oreja otra vez y dice:

—Gracias, Oliver.

Oliver se ha quedado con la boca abierta. Listo para seguir hablando. Pero dice:

—Gracias, señor Daniels.

¿Tienen alguna señal secreta o algo así?

Suki continúa.

—Estas comidas significan mucho para mí porque comparto con mi abuelo. Echo de menos muchas cosas de Japón, pero sobre todo abuelo. También tallar madera con él. Hace piezas de madera para mí y yo tallo regalo para él y envío.

Así que por eso tiene esas piezas…

—Me gustan estas comidas porque me recuerdan Japón. Y mi abuelo.

Lo siento por ella.

—¿Y de qué están hechas las galletas? —pregunta Albert.

Suki se vuelve a mirarlo.

—Están hechas de camarones y espinas de pescado.

Al oír eso, Oliver no es el único que se pone a gritar. Casi todos exclaman: «¡Puaj!» y Suki mira al señor Daniels, quien se vuelve hacia la clase.

—Vamos, vamos. Silencio.

—¿Camarones y espinas de pescado? —pregunta Shay—. En mi familia preferimos la langosta.

Albert levanta la mano.

—Me gustaría señalar que la langosta es un alimento muy caro hoy día, pero en la antigüedad estaba considerado un alimento de campesinos y esclavos, que se sublevaron y pidieron que sólo se les sirviera langosta dos veces a la semana. Y —traga saliva—, por lo que yo sé, las espinas de pescado poseen excelentes propiedades nutritivas.

Suki sonríe un segundo antes de volver a toda prisa a su asiento. El señor Daniels premia a Albert con un firme gesto de asentimiento.

A continuación me toca a mí. Lo que he acabado por traer significa mucho para mí, pero no estoy segura de que el resto de la clase lo aprecie. Decido no arriesgarme y digo que lo he olvidado.

El señor Daniels está decepcionado, lo noto.

—Bueno, ¿y no tienes alguna mascota de la que nos puedas hablar? —pregunta.

—No. Mi madre es alérgica.

Eso me recuerda a mi padre correteando a cuatro patas por la sala como si fuera el perrito que le había pedido mil veces.

Oliver se pone a ladrar.

El maestro le dice:

—Como sigas así, Oliver, tendremos que darte galletas para perros. Será mejor que tengas cuidado.

El señor Daniels me mira entornando los ojos.

—¿Segura que no has traído nada para enseñarnos? Porque tengo el presentimiento de que sí hay algo.

Me meto la mano en el bolsillo y aprieto mi centavo de acero de 1943. El objeto que escogí para mi presentación.

Él me mira la mano, y me doy cuenta de que me he delatado. Así que me levanto y saco la moneda.

—Mi padre es militar y ahora mismo está destacado. El día que se marchó, nos dio un centavo a mí y otro a Travis —miro al señor Daniels—. Travis es mi hermano mayor.

Él asiente.

—En 1943 las monedas de un centavo no eran iguales que ahora. Eran plateadas, como las de veinticinco. Estaban hechas de acero y no de cobre porque el gobierno necesitaba el cobre para fabricar municiones para la Segunda Guerra Mundial. En 1944 los centavos volvieron a fabricarse de cobre. Bueno, a mí me parece fantástico.

—A mí también —asiente el señor Daniels—. Y me parece aún más fantástico que nos lo hayas contado.

Mientras vuelvo a mi sitio, me acuerdo de que, cuando mi padre se marchó, nos dijo que siempre que miráramos los centavos de acero nos acordáramos de que nosotros también somos únicos. Y también que todo volvería a la normalidad; que antes de que nos diéramos cuenta estaría en casa de nuevo.

Lo añoro muchísimo.

El señor Daniels levanta los pulgares en dirección a Oliver y pienso que es genial que hayan acordado esa señal de la oreja. De esa forma no tiene que decirle que está haciendo algo mal delante de todo el mundo. Sé lo que se siente y me alegro de que al profesor nuevo le preocupen tanto esas cosas. A la mayoría de los maestros le gusta que sus alumnos sean todos iguales: perfectos y silenciosos. Me parece que el señor Daniels prefiere que seamos distintos.

# 10

## Promesas, promesas...

—¡Muy bien, Fantásticos! —nos dice el señor Daniels, y se frota las manos como si fuera un científico loco—. Lo primero que vamos a hacer hoy es hablar de libros. Este año voy a hacerlo muy a menudo, les contaré todo sobre mis libros favoritos.

Cuando el señor Daniels habla de libros, me recuerda a Max o a Oliver. Como si se preparara para celebrar una fiesta monumental. Me gusta escuchar las historias, pero pedirme que las leyera sería como invitar a una langosta a jugar tenis.

Y entonces la cosa empeora.

Nos enseña un montón de libretas.

—Les he traído una sorpresa: un diario nuevecito para cada uno. Quiero que escriban en él todos los días.

Oh, no. Antes me como un puñado de hierba.

—La cuestión es que a veces les propondré un tema, pero no con frecuencia. Y nunca jamás, aunque un malvado hechicero amenace con convertir todas mis plumas rojas en tinta transparente, corregiré lo que escriban.

¿Eh?

—No pondré calificación a los diarios, no se corregirán y la mayoría de los días no les diré sobre qué escribir. Pueden hablar de su vida, de deportes, de Bulgaria, de su jabón favorito, de los libros que les gustan, de los que no. De cualquier cosa.

Guau. A lo mejor le falta un tornillo. ¿No los va a corregir? ¿Podemos hablar de lo que queramos? Es demasiado bueno para ser verdad. Seguro que hay gato encerrado.

—Sólo hay un par de reglas.

Ah. Ahí están. Las reglas.

—Tienen que escribir algo, lo que sea. Y a menudo les responderé con un par de frases.

—¿Escribirá usted también? —pregunta Oliver—. ¿Le podemos poner calificación?

El señor Daniels se ríe.

—He dicho que no hay calificaciones, Oliver. El objetivo de este ejercicio es la comunicación. La expresión. No vamos a evaluar nada.

—¿Y podemos hacerle preguntas? —interviene Max.

—¡Claro! —contesta él mientras reparte las libretas.

La mía es amarilla. Un color demasiado bonito para un cuaderno de redacción.

—¿Y puedo hablar de futbol?

—De lo que quieras.

—¡Qué locura! —grita Oliver—. Yo voy a pedir las respuestas de los exámenes. Y más recreo. Y toda la cátsup que quiera en la cafetería.

—Bueno —empieza a decir el señor Daniels—, como he dicho, pueden preguntar lo que quieran —sonríe a Oliver—. Así que abran las libretas y escriban la primera entrada. Y que sea… algo personal. El diario es suyo, así que no estaría de más que empezaran con una introducción. Pueden plasmarla como mejor les parezca.

Keisha empieza a escribir mientras Albert se queda mirando la página en blanco. Sólo se oye el roce de los lápices contra el papel.

Suki está frotando una de sus piezas con el pulgar. Me pregunto si estará pensando en su abuelo.

Yo me imagino una película en la que me veo a mí misma paseando por un bosque de torres hechas con cubos de letras. Se mecen como árboles al viento y me da miedo que se me caigan encima.

Podría dibujar eso, pienso, pero al final decido pintar un cubo tridimensional con las caras negras. Ha dicho que podíamos hacer cualquier cosa. Quiero saber si hablaba en serio.

Al día siguiente, el señor Daniels me tiende el diario, abierto por la página del cubo negro.

Ya me imaginaba que no le parecería bien.

Me señala con la mano abierta y dice:

—Ya lo sé. Ya sé que dije que no los corregiría y no voy a hacerlo. Sólo me gustaría saber qué quiere decir. ¿Has dibujado esto porque te gusta el color negro o tiene algún significado? En cualquier caso, me parece bien.

Pienso en las cosas que podrían hacerlo enfadar y entonces recuerdo lo que me dijo sobre tener facilidad para las cosas que no nos convienen. Quizá prefiero no crear problemas por esta vez.

—Es el dibujo de un cuarto oscuro.

—Ah. ¿Y por qué se te ha ocurrido dibujar un cuarto oscuro? —ahora se ha puesto serio.

—Dijo que fuera algo sobre nosotros.

—¿Y qué tiene que ver un cuarto oscuro contigo, Ally?

Lo dice en voz baja. Muy baja.

Trago saliva.

—Pues que en un cuarto oscuro nadie me vería.

Se queda mirando mi cubo negro. Luego carraspea y levanta la vista.

—Bien. Gracias por ser sincera, Ally.

Qué alivio. No se ha enfadado.

—Ally —hace una pausa—, ¿te importaría contarme por qué no quieres que te vean?

—Creo que todo sería más fácil si fuera invisible.

—¿Por qué?

Me encojo de hombros. Quiero responder, pero me vienen a la cabeza demasiadas palabras y no bastan.

Asiente despacio.

—Bien —dice—. Me alegro de que no seas invisible, Ally. Porque esta clase no sería lo mismo sin ti.

No le creo, pero me alegro de que lo haya dicho.

Mientras lo miro, me doy cuenta de que, en todo este tiempo, no he mirado a ningún maestro a la cara. Sentada al pupitre, les clavaba los ojos en la barriga mientras me decían todo lo que hago mal.

Ahora, además de todos esos grandes deseos que van conmigo a todas partes, tengo uno más. Quiero causarle una buena impresión al señor Daniels. Con todo mi ser, de la cabeza a los pies, me gustaría caerle bien.

# 11

# Huevo revuelto

Cuando entramos en el aula, el señor Daniels anuncia:

—¡Atención, Fantásticos! Hoy vamos a cambiar de lugares. Así que busquen los suyos y siéntense.

A Jessica le ha tocado con Suki y mira a Shay como si la separación fuera una gran injusticia.

Resulta que yo ahora me siento en la primera fila con Keisha, la niña que sabe hacer pasteles y escribir al mismo tiempo mientras que yo soy incapaz de hacer ninguna de las dos cosas.

En toda la mañana no nos hemos dirigido la palabra y me da miedo caerle mal. Cuando me mira por fin, le suelto:

—No me molestaría ser tu amiga.

Keisha parece enfadada.

—No necesito que me hagas favores.

—No —le digo para borrar mis palabras—. Quiero decir que…

Y entonces me callo, porque no sé lo que le quería decir y ahora estoy nerviosa y cortada, y eso me causa muchos problemas cuando intento decir algo. Cada palabra es una palada de tierra menos en el agujero que estoy cavando para enterrarme a mí misma. Será mejor que cierre la boca y en paz.

Pero el silencio se alarga demasiado, se oye demasiado, así que busco algo que decir, desesperada. Siempre sabía qué decirle a mi abuelo y él siempre sabía qué decirme a mí. Ojalá estuviera aquí para susurrarme al oído. Y entonces me acuerdo de Alicia discutiendo con Zanco Panco acerca de cómo usar las palabras adecuadas. Me giro hacia Keisha y le pregunto:

—¿Te gustan los huevos?

—¿Los huevos? —repite.

Oh, no. Ahora piensa que estoy loca como una cabra, pero sigo hablando, porque a veces la lengua se me dispara sin mi consentimiento.

—Sí. Me encantan los huevos. Revueltos. Fritos. Duros. Me encanta pelar la cáscara de los huevos duros, ¿a ti no? Me gusta incluso la ensalada de huevo, aunque mi hermano no se la comería aunque lo amenazaran…

Frunce el entrecejo con una expresión que me recuerda a una oruga enfadada.

—Eso es sumamente interesante.

Se pone a buscar algo en el interior del pupitre. Ya conozco esa reacción. Es una manera educada de ignorarme. La gente lo hace mucho.

Al final agacho la cabeza. El abuelo siempre decía que la caída de Alicia en la madriguera del conejo era como la vida real. Antes no entendía a qué se refería, pero ahora sí.


No creo que haya en todo el planeta un lugar más terrorífico que una cafetería de escuela. Agarro la charola con tanta fuerza que me duelen los dedos.

Oigo:

—¡Eh, Ally!

Es Shay. Está de pie con Jessica y unos cuantos más.

—¿Sí? —pregunto.

—¿Quieres sentarte a comer con nosotros?

Claro que no quiero sentarme con ellos, pero empiezo a estar harta de comer sola. Y de que todo el mundo me vea comiendo sola.

Además, Shay, Jessica y sus amigas llevan esas pulseras de la amistad tejidas con hilo. Y yo nunca he tenido amigas tan amigas para lucir una pulsera de la amistad a juego con las suyas, pero siempre he querido una. Es como si la pulsera le dijera al mundo que hay alguien a quien le importas. No los miembros de tu familia, que forzosamente se preocupan por ti, sino personas a las que les caes bien y punto.

Quiero sentirme parte de algo. De cualquier cosa, supongo.

Shay se pone exageradamente contenta cuando le digo que sí.

Antes de sentarme, echo un vistazo a la silla para asegurarme de que no hay ningún charco de pegamento. Shay me pide por señas que ocupe una silla a su lado. Jessica y ella sonríen con esa sonrisa que parece simpática pero que algo te dice que no te confíes. Hay unas cuantas chicas más. Y también está Max, con otro niño.

Jessica señala a Albert y todos se echan a reír. Yo miro en la misma dirección que los demás, pero no veo nada divertido.

—No lo puedo creer —empieza Shay—. De verdad que es patético. Eh, Albert —grita—, ¿es la última moda?

Sigo sin entenderlo. Va vestido igual que siempre, con la playera que dice Flint y unos jeans. ¿Qué es tan gracioso?

Shay me da un codazo en el brazo y le señala los pies.

Lleva cortados los talones de los tenis.

Shay lo llama y Albert se acerca. No sé por qué todo el mundo hace lo que ella diga. Incluso yo. Bueno, al menos hoy.

—¿Qué pasa? —le pregunta—. ¿No tienes dinero para unos tenis?

—Al contrario —empieza a decir Albert—. Pero, ante el dilema de comprarme unos tenis nuevos que de todos modos me iban a quedar chicos dentro de tres meses o un juego de química que podré utilizar durante un periodo ilimitado, ésta me pareció la opción más inteligente. Están en perfecto estado. Sólo me quedan un poco apretados.

—¿Lo han oído? —pregunta Shay—. Ha cortado los talones de los tenis. Como si fueran pantuflas.

Jessica añade:

—La próxima vez vendrá en bata.

Shay se vuelve hacia ella.

—Sería fantástico venir a la escuela en bata. ¿Por qué no venimos en bata mañana?

—¡Sí, sería genial! —exclama Jessica.

Shay se ríe, pero no creo que Jessica sepa que no es por lo de las batas. Me parece que ha dicho una tontería adrede para ver si Jessica le seguía la corriente. A veces pienso que Jessica saltaría de un avión sin paracaídas por seguir a Shay.

Ahora Shay se vuelve hacia mí.

—¿Qué, Ally? —me pregunta—. ¿Qué te parece la idea de venir mañana en bata?

Me gustaría contestarle que una tontería, pero respondo:

—No es mi estilo.

—Ah, ¿no? Bueno, ¿y qué opinas de Albert y sus tenis?

Me siento como en una de esas películas de cine negro que le gustaban al abuelo. En un cuartito minúsculo bajo una luz muy brillante, oyendo preguntas que no quiero contestar.

Se me pasa por la cabeza la idea de salir en defensa de Albert, pero Shay no me lo perdonaría.

—Son horribles —digo—. Vaya friki, ¿no?

Shay ha quedado a gusto.

Y yo me siento fatal.

Y sé que me voy a sentir aún peor cuando una sombra cruce la expresión de Albert. Cuando se ponga triste.

No sucede nada de eso. Él se queda ahí comiendo nachos y mirándonos como si fuéramos ratones de laboratorio.

—Me parece curioso que les preocupe tanto mi calzado cuando tres de ustedes llevan playeras rojas. No es una buena elección. El rojo es el color de los semáforos y las señales de prohibido el paso, de las heridas, de las alarmas y de las quemaduras más graves. Representa las alertas rojas y la fiebre alta. Los números rojos simbolizan las cuentas en negativo. El rojo implica peligro.

Me acuerdo de todas esas marcas rojas que los profesores hacen en mis trabajos. Cuánto odio que me los devuelvan.

Jessica se ríe con más ganas.

—¡Eres un bicho raro, Albert!

—Además —continúa él—, los miembros de la tripulación de la nave *Enterprise* de *Star Trek* que llevan camisa roja no vuelven a aparecer en otros episodios. La verdad, la próxima vez yo elegiría otro color.

Todos se parten de risa.

—¡Albert! —exclama Max—. Sólo es una serie, chico. Y ni siquiera es muy buena.

El brazo de Albert se detiene en el aire cuando está a punto de meterse un nacho en la boca.

—¿Que no es demasiado buena?

—Albert —dice Shay, y se inclina una pizca hacia adelante—, tú olvida todo y ponte lo que quieras. Pero somos los demás los que tenemos que sufrirlo; te vemos, queramos o no.

—En realidad —observa él—, no me olvido de mi apariencia. Me olvido de ustedes.

Dicho eso, se da media vuelta y se larga antes de que ella le suelte algún otro comentario cruel. Ojalá me pareciera más a Albert. Cuando lo veo alejarse arrastrando los pies con esos tenis cortados me dan ganas de ser mejor persona. Quizá no sea perfecta, pero tampoco soy un mal bicho.

Y entonces me da un vuelco el corazón, porque me doy cuenta de que acabo de serlo.

Supongo que lo he hecho porque me sentía sola. Ahora sé que hay cosas peores que sentirse sola.

# 12

# ¿Qué problema tienes, Albert?

La luz del pasillo inunda mi habitación cuando mi madre abre la puerta.

—Hola, cariño.

—Hola.

—He venido a ver cómo estás. Me ha parecido que estabas muy callada durante la cena. ¿Te pasa algo?

—Que hay niños muy malos en la escuela.

—Ay, bichito. Siento que hayas pasado un mal rato. ¿Me lo cuentas?

—Es que… ¿Ves esos niños?

—¿Sí?

—Yo he sido una de ellos.

—Ah —suspira—. Me sorprende, Ally. Cuéntame qué ha pasado.

—¿Te acuerdas de aquellas chicas que aparecieron en Petersen's el otro día? Bueno, pues me han preguntado si quería comer con ellas. Me he sentado a su mesa, pero han empezado a burlarse de cómo iba vestido un niño que se llama Albert —la miro a los ojos—. Y yo les he seguido la corriente. Me siento fatal.

Mi madre me acaricia la frente con las puntas de los dedos.

—Ya no eres una niña, Ally, así que no es demasiado pronto para decidir en qué clase de persona quieres convertirte. Aunque yo ya sé qué clase de persona eres, claro que sí. Y por eso te quiero tanto —me da un beso en la frente—. Has cometido un error. Todos nos equivocamos alguna vez. Haz lo posible por arreglarlo, eso es todo. La palabra «perdona» tiene mucho poder.

—Sí, está bien. Le pediré perdón.

—Ésa es mi chica —dice, y me besa en la frente otra vez antes de marcharse.

Al día siguiente, en clase, me pregunto cómo puedo arreglar las cosas con Albert. Estoy dibujando una boda de palomas en mi cuaderno. No me he dado cuenta de que Keisha estaba detrás de mí.

—¿Lo has dibujado tú?

Tapo el dibujo con el brazo.

—¿Por qué lo tapas? Si yo dibujara así de bien, lo anunciaría por la tele.

—Gracias —murmuro. No sé por qué me da tanta pena, pero estoy avergonzada.

Keisha se sienta y yo me quedo mirando su cabeza. Lleva montones de trenzas muy pequeñitas. Debe de haber tardado tres días en hacerse todo… Son preciosas. Me encantan. No se parece en nada a mi pelo, que es muy aburrido, liso y lacio. Alargo la mano para tocarle las trenzas. Ella se gira hacia mí de sopetón.

—¿Qué haces?

—Ay… Es que… Perdona. Había un mosquito.

A veces, yo misma me sorprendo de las cosas que hago. Es como si mi brazo tuviera pensamiento propio.

—Ya —dice Keisha.

En ese momento entra Albert y parece disgustado. Quiero poder decirle a mi madre que le he pedido perdón, así que me acerco a él.

—¿Albert? ¿Te pasa algo? —le pregunto, pensando que me va a decir que me ate a un cohete y encienda la mecha.

—Tengo un problema.

—Perdona por lo de la cafetería —le suelto.

Levanta las cejas.

—Aquello no me molestó. No hace falta que te disculpes.

—¿Te da igual que toda una mesa se burle de ti? No lo dices en serio.

—¿Y por qué no?

¿Será posible que de verdad le importe un comino lo que piensen de él?

Nos miramos fijamente. Si lo de ayer no le afectó y el problema que tiene ahora sí, debe de ser algo muy grave. A lo mejor guarda relación con los moretones que lleva siempre en los brazos.

—¿Te puedo ayudar? —le pregunto.

—No te ofendas, pero no creo.

—Ok —murmuro.

—Es un problema que no puedo quitarme de la cabeza. No me quedaré tranquilo hasta que lo haya resuelto.

—¿Por qué no me lo cuentas? A veces, cuando tengo un problema, lo hablo con mi madre o con mi hermano. Y, aunque no encuentre una solución, me siento mejor.

—Bueno…

Espero.

—Estaba pensando… Si un insecto vuela dentro de un vagón de tren, ¿se desplaza a más velocidad que el propio tren? Y si el insecto vuela en dirección contraria, ¿se desplaza a menos velocidad que el tren? Por supuesto, si el bicho está en la pared, se desplaza a la misma velocidad. Siempre y cuando no camine. Pero el movimiento dentro del movimiento me trae de cabeza.

Oh.

Vuelve a mirarme. Casi con demasiada atención.

—Así que ya ves cuál es el problema —no me lo pregunta. Me lo cuenta.

Sé que no cree que pueda ayudarlo. A lo mejor sí sería capaz de resolver ese acertijo científico, a saber, pero mi mente me muestra al insecto en el vagón.

Es una libélula con las alas de color turquesa y lleva unos lentes diminutos.

El vagón es muy viejo, tiene las paredes de madera oscura y cortinas verde bosque. Como los trenes de las películas del oeste que veía el abuelo. Y todo el mundo lleva ropa anticuada. Los veo como si estuvieran aquí mismo. Hay varios hombres dormidos. Uno espanta la libélula con un diario. Ni siquiera se da cuenta de que lleva lentes. También hay señoras, llevan unos vestidos preciosos.

Y veo a una niña que va con su madre, y la mujer no para de preguntarle si está disfrutando el viaje. La niña le dice que sí cada vez, procurando poner una voz muy animada.

No lo sé todo sobre esa niña, pero sí sé que la libélula del tren es la menor de sus preocupaciones. No encaja. Va vestida con ropa elegante y tiene que fingir ser alguien que no es. Quiere hacer locuras. Ayudar a construir vallas. Quiere montar a caballo como todo el mundo, no de lado, como la obliga a hacerlo su madre.

Cuando me desconecto de mi película, Albert ya se ha marchado. Me da igual. No puedo evitar pensar en la niña del tren y en cómo se siente; como si quisiera hacer muchas cosas pero no la dejaran, y eso la entristece y le da rabia. Como si llevara un bloque de cemento atado al pie. Me gustaría ayudarla a liberarse de ese bloque.

# 13

## Más fresca que una rosa

Esta noche celebraremos el concierto de las vacaciones y cantaremos canciones sobre Santa Claus, dreidels, que son esos trompos con los que juegan los judíos, y Kwanzaa afroamericanos. Lo que más ilusión me hace es estrenar vestido.

Estoy delante del espejo mirando el vestido y mis primeros zapatos de tacón, pensando en el día de compras que pasé con mi madre. Incluso fuimos a comer a A. C. Petersen. Me encantó que se quedara conmigo en un gabinete en lugar de irse a servir a otras personas.

Me gusta mucho cantar, pero no me cae bien la maestra de música, la señora Muldoon. Max la llama Campo de Minas Muldoon, porque nunca sabes cuándo va a estallar. Oliver también la llama así, pero la imita dando un brinco y gritando «¡Muldoooooon!» cuando aterriza y rueda por el suelo. No se detiene. Cuando termina de rodar se pone de pie directamente, como un gato de caricaturas.

Shay se está burlando de Albert, porque el traje le queda pequeño.

—¿De dónde has sacado esos pantalones, Albert? —le pregunta—. ¿Te los ha prestado un niño de tercero?

Keisha se gira hacia ella de golpe y porrazo.

—¿Por qué siempre tienes que humillar a todo el mundo?

—Porque algunas personas se lo merecen, por eso —replica Shay.

—¿Merecen que las humilles? ¿En serio? —se horroriza Keisha.

Albert se ajusta la corbata, que es la única prenda de todo el traje que le queda bien. Incluso lleva los tenis de tela con los talones cortados.

—¿Sabes? —dice él—. En realidad, humillar viene de la palabra humus, que es la tierra más rica y fértil. Así que cuando humillas a alguien, lo ayudas a crecer, mientras que tú quedas a la altura del lodo.

Keisha suelta una carcajada tan fuerte que la señora Muldoon la mira con mala cara. Keisha se tapa la boca para sofocar la risa.

—Bien pensado, Albert. Chico, eres muy inteligente, en serio que sí —se vuelve hacia Shay—. En cuanto a ti, estás tan abajo que podrías jugar frontón contra una banqueta.

Shay entorna los ojos, pero antes de que pueda contestar aparece la señora Muldoon y nos ordena que nos pongamos en fila.

En el concierto de primavera, antes de que diera un estirón, me tocó cantar en la primera fila. Travis dijo que parecía una moneda de diez centavos entre un montón de centavos y a mí me encantó la comparación. Este año, en cambio, tendré que colocarme detrás, con los niños más altos, al lado de Keisha. La miro. Me ha encantado cómo ha salido en defensa de Albert. Ha demostrado el valor que a mí me faltó en la cafetería. Ojalá yo fuera más valiente.

Estamos todos de pie, esperando para entrar en fila en el auditorio.

—¡Ay, señora Muldoon, me encanta su vestido! —dice Shay.

La cara de la maestra se ilumina como una bombilla.

—Vaya, gracias, Shay. Tus padres estarán contentos de haber criado a una señorita tan educada.

—Muchas gracias, señora Muldoon —Shay sonríe, pero se vuelve hacia Jessica poniendo los ojos en blanco. Y luego sigue lanzando miradas asesinas a Keisha.

Decido dejar de pensar en la rabia que me da y prestar atención a los ramos de flores que vamos a llevar las chicas. Ésa es la parte buena. La mala es que los ha donado el padre de Jessica, el florista. Ha sido un gesto muy amable, pero Jessica no para de restregárnoslo.

La señora Muldoon avanza por la fila repartiendo los ramos más bonitos que he visto en mi vida. Se parecen a los que llevan las novias. Están atados con cintas de color granate que rodean los tallos como un poste de barbero y luego caen formando ondas. La maestra me tiende un ramo y yo sonrío pensando en la ilusión que le hará a mi madre verme con las flores en la mano.

Keisha acerca la nariz para olerlas y pasa los dedos por encima. Uno de los capullos blancos se desprende y, al caer, rebota en su brillante zapato negro.

La señora Muldoon se planta a su lado al instante.

—Pero ¿qué haces?

—Yo no…

La maestra le arranca a Keisha las flores de las manos.

Ella la mira.

—No. No, por favor. Yo no quería…

—Estas flores son un regalo, y si es así como tratas los regalos, con esa absoluta falta de respeto y de gratitud, serás la única niña que no lleve flores, Keisha.

—Pero, señora Muldoon —insiste Keisha—, de verdad que yo no…

La maestra levanta la mano como si parara el tránsito.

—No quiero oír nada más. No llevarás flores y así la próxima vez te acordarás de comportarte como una señorita.

—¿Lo ves? —le dice Shay a Jessica—. La gente tiene lo que se merece.

Yo estoy detrás de Keisha en la fila, pero me gustaría verle la cara. Aunque espero a que replique, Keisha no dice nada. No la veo llorar, pero oigo que se sorbe la nariz y se frota las mejillas con las yemas de los dedos.

En ese momento me imagino una película en la que yo soy la única niña sin flores que sale al escenario para cantar delante de todos los padres. Y veo la expresión de mi madre. La única cara triste en un mar de rostros sonrientes. Y sé que sentiría que soy menos que todas las demás.

Nadie debería sentirse así.

Hundo los dedos en el centro del ramo para separar los tallos. Tengo que retorcerlos un poco para arrancar la mitad de las flores de la cinta, pero jalo con fuerza. Los tallos se rompen, las hojas y los pétalos se desprenden y caen revoloteando al suelo. Aterrizan alrededor de mis preciosos zapatos nuevos.

La señora Muldoon me está mirando. Tiene la boca tan abierta que un pájaro podría construir su nido allí dentro.

Yo le sostengo la mirada y le tiendo a Keisha la mitad de mis flores.

—Bueno, entonces nos repartiremos las mías.

Al final, ninguna de las dos lleva ramo cuando salimos al escenario.

Eso sí, nadie sonríe tanto como nosotras.

# 14

## Dentro y fuera de la caja

—¡Muy bien, Fantásticos! Como saben, hoy es viernes fantástico y vamos a terminar el día con un desafío. Los voy a dividir en grupos. Cada equipo recibirá una caja cerrada con ligas (que no retirarán), que contiene un objeto misterioso. Su tarea consiste en adivinar de qué se trata.

»Para averiguar lo que hay adentro, pueden hacer lo que quieran con la caja, excepto mirar en su interior. Hay cuatro cajas, todas numeradas, e irán pasando de grupo en grupo. Tienen diez minutos para explorar cada una, así que no olviden ir escribiendo sus suposiciones. Al final, las abriremos y veremos lo que contienen —da una palmada, fuerte—. ¿Alguna pregunta?

Todo el mundo parece emocionado. La mayoría mira a su alrededor, probablemente con la esperanza de que les toque en el grupo de Albert. Seguro que él descubre todas las soluciones.

Yo acabo en el mismo grupo que Max, Suki, Oliver y Jessica. Por un momento considero la posibilidad de escapar a la enfermería. Sobre todo porque tengo que ver todas las pulseras de la amistad de Jessica. Me pregunto si cada una será de una amiga distinta. Bajo la vista a mi muñeca desnuda.

La caja número uno llega a nuestra mesa. Oliver la toma y la agita con fuerza. Jessica se cruza de brazos y pone los ojos en blanco, su reacción a todo lo que no hace o dice Shay. Yo miro al otro lado del salón. A Shay le ha tocado con Albert. Ella sostiene la caja y habla. Qué sorpresa.

—Vamos —dice Max, y le quita la caja a Oliver—. Me toca a mí.

Suki me sorprende tomando la palabra.

—Oliver, todos queremos examinar caja, así que mejor elaboramos plan. Diez minutos, cinco personas. Dos minutos cada uno.

La idea de la enfermería me vuelve a tentar. Podría tumbarme en esa cómoda cama a pensar. Algunos de mis mejores dibujos se me han ocurrido allí mientras fingía estar enferma.

Max lleva un rato sacudiendo la caja. La lanza al aire y la vuelve a tomar.

—Sea lo que sea, pesa bastante —opina.

Oliver dice:

—A lo mejor es un canguro.

Jessica le lanza una mirada asqueada.

Oliver se encoge de hombros.

—Era broma —murmura.

Me estoy poniendo de mal humor.

Max le tiende la caja a Jessica, que la agita un poco y dice:

—Yo creo que es un cubo de madera. Como esos que llevan las letras del alfabeto.

—¿Cuándo vuelve a tocarme? —pregunta Oliver.

Suki se ha puesto a escribir. Mirando el reloj, dice:

—Oliver, sólo quedan veinticinco segundos de tu tiempo.

Oliver toma la caja otra vez, la huele y se la lleva al oído por si se oye algo.

El señor Daniels grita desde el otro extremo del aula:

—Así me gusta, Oliver. ¡Investigación creativa!

Mientras espero mi turno, me pregunto por qué Oliver siempre huele a galletas digestivas. Por fin me pasan la caja. Me la acerco a la oreja y la ladeo. Sea lo que sea, lo que contiene, rueda, más que deslizarse.

—Debe de ser redondo. Y Max tiene razón. Pesa bastante.

Vuelvo a inclinarla colocando la mano a un lado de la caja.

—Creo que es una pelota de beisbol —opino, y se la doy a Jessica.

Ella hace las mismas pruebas que yo y me sorprende diciendo:

—Estoy de acuerdo. Parece una pelota de beisbol.

—Espera —pido, y la recupero. La inclino deprisa y el objeto golpea el lado, primero con fuerza y luego más suavemente—. Rebota —les comunico—. ¿Una pelota de beisbol rebotaría? —pregunto volviéndome hacia Max.

—No. No creo. A lo mejor es de goma. Como una pelota de lacrosse.

Suki, después de hacer más pruebas con la caja, anota nuestra respuesta.

Entonces nos llega la segunda caja. Contiene un objeto que se desliza más que rodar. Lo noto porque, si ladeo un poco la caja, no se mueve, pero, si la inclino más, se mueve de golpe. Y noto que rasca el fondo. Es muy raro, pero casi consigo ver el objeto. Pesa más que un cubo de letras, pero creo que es un prisma con todos los lados planos.

Oliver me dice que es genial que esto se me dé tan bien. Olvido darle las gracias porque me he quedado perpleja. Aunque también he olvidado ponerme nerviosa de estar hablando con todo el mundo como si… como si fuera una más, y es increíble. Lo mejor que he sentido nunca.

Suki me tiende otra caja.

—Empiezas tú.

Nos cuesta más adivinar el contenido de la tercera caja, pero creo que tiene forma de marcador fluorescente, porque rueda hacia un lado y luego hacia el otro, sólo que más grande y más pesado.

Miro a Albert, que está escuchando otra vez a Shay. Keisha lleva la voz cantante en su grupo, y todos se parten de risa. Ojalá supiera lo que están diciendo.

Cuando el señor Daniels nos entrega la cuarta caja, se queda a mirar.

Mientras Max intenta adivinar lo que contiene, Jessica no para de elogiarlo casi sin aliento. Max nos dice que debe de ser algo ligero, porque apenas golpea los lados.

Cuando es su turno, Oliver mira al señor Daniels.

—Y bien, ¿qué crees que contiene, Oliver?

Noto que Oliver quiere acertar. Inclina la caja, la sacude y deduce que adentro hay una moneda de veinticinco centavos. El señor Daniels asiente y le propina unas palmaditas en la espalda.

—Una excelente deducción, Oliver. Bien hecho.

—¿Acerté? —pregunta Oliver.

—Tendrás que esperar para verlo —el maestro se encoge de hombros.

—¿No me lo puede decir ahora?

—Lo siento, campeón.

Oliver parece decepcionado. Entonces levanta la mirada y me ve. Me tiende la caja

—Toma, Ally. Tú eres la mejor en esto —me dice.

Jessica está tan roja que si se relajara de repente, saldría volando como un cohete hacia la luna.

—¿Ally? —pregunta el señor Daniels.

—¿Eh? Ah, perdón. Es que a veces cuando estoy pensando se me olvida hablar.

Él se ríe con amabilidad.

Sostengo la caja delante de mí, con la parte más larga casi pegada a la barriga. La inclino de adelante hacia atrás y luego de lado a lado. No entiendo nada.

—¿Qué estás pensando, Ally? —me pregunta.

—Bueno —empiezo a decir—. Si la inclino de adelante hacia atrás, el objeto golpea los lados largos de la caja de zapatos. Pero si la inclino a los lados, no toca nada.

En mi imaginación, veo un objeto que tiene la forma y el tamaño de una varita mágica. Porque se mueve mucho cuando lo inclino en una dirección, pero no cuando lo hago en la otra.

—¿Y qué? —pregunta Oliver.

—Que no es lógico —digo. Miro la caja y la agito con fuerza hacia los lados. No consigo que el objeto golpee las paredes. Cuanto más la agito, más toca la parte de arriba y la de abajo. Es rarísimo.

Me quedo mirando al señor Daniels, que sonríe a medias con el ceño ligeramente fruncido.

—Un momento —sonrío—. Usted no nos haría trampa, ¿verdad?

—¿Qué quieres decir con trampa?

Vuelvo a agitar la caja. La inclino un poco más. El objeto toca algunos lados, pero no todos.

—¿Lo ha pegado con cinta o lo ha atado o algo así?

Abre los ojos como platos y sonríe. Y luego se echa a reír. Se ataca de risa, doblado sobre sí mismo y con las manos apoyadas en las rodillas. Entonces mueve la cabeza de un lado al otro y me mira. A estas alturas, toda la clase lo está observando.

—Caray, Ally Nickerson. Es increíble. He hecho este experimento con más de cien niños y nadie, en todos estos años, había sido capaz de averiguarlo.

Alarga las manos para tomar la caja. Después de quitar la liga, la abre para enseñarnos el contenido. Son dos barras de pegamento atadas con una cuerda. Los extremos de la cuerda están pegados a las paredes de la caja, de tal modo que las barras cuelgan en el centro.

Se acerca a mí y hace algo que ningún profesor había hecho en toda mi vida. Me choca los cinco.

# 15

## Engranajes oxidados

Como tarea, el señor Daniels nos ha pedido que escribamos una composición acerca de lo que nos sugiere un relato que nos ha leído. Dice que no hay respuestas correctas ni incorrectas. Sólo quiere saber lo que pensamos.

Una parte de mi mente sabe que no es tan complicado. Que sería capaz de decirle lo que me sugiere la historia en dos minutos. En cambio, para cuando haya convertido mis pensamientos en palabras, ya habrá sido mi próximo cumpleaños. Y aunque termine la composición, tampoco va a entenderla.

Travis entra por la puerta de la cocina, tira la bolsa al suelo y se quita las botas de casquillo de acero.

—Eh, pequeñuela.

El olor a garaje inunda la cocina, pero me gusta.

—Eh —le contesto mientras intento que los pensamientos que me flotan por la cabeza aterricen en el papel. No sé por qué mis ideas se pierden por el camino que va del cerebro a la mano.

Travis saca un envase de jugo de naranja del refrigerador y bebe directo.

—¿Travis? Qué asco.

Él se ríe de mis manías.

—Ahora ya no va a beber nadie más, ¿sabes?

—Mejor para mí —sonríe—. Mi plan ha sido un éxito —se aleja llevándose el envase.

—¿Travis?

Se detiene en el pasillo después de tomar otro trago.

—¿Qué?

Ya sé lo que va a contestar, pero se lo pregunto de todas formas. Estoy desesperada.

—¿Me puedes ayudar?

—¿Con esa especie de libro que estás haciendo?

Señala la libreta con el jugo.

—Sí. Tengo que escribir algo…

—Demonios, Ally. Te puedo regalar una bujía. Cambiarte el aceite y hasta arreglarte el carburador. Pero ¿escribir una composición? Ni de broma. Cuando lo intento, mi cerebro parece un engranaje oxidado. Las ruedas empiezan a chirriar. En serio. Es un horror.

—Por favor… Seguro que te sale mejor que a mí.

Respira hondo.

—¿Por qué no esperas a que mamá vuelva a casa?

—Ha dejado un mensaje diciendo que tiene que quedarse a cerrar y no puedo pedirle ayuda tan tarde. Se pondrá furiosa.

—Mira. Sabes que me encantaría ayudarte, pero todo lo relacionado con la escuela… Es como pedirle a un ciego que conduzca un autobús. Además —añade, y se da media vuelta otra vez—, antes me como un puñado de pelo.

Está intentando hacer que me ría y la imagen que me viene a la cabeza es divertida, la verdad. Y un tanto asquerosa. Pero no me río. No puedo. Estoy demasiado desesperada.

Debo de haber puesto una cara muy triste, porque me habla con un tono dulce.

—En serio, Al. Te ayudaría, pero no me sale mejor que a ti. De verdad que no.


Al día siguiente por la mañana, aún no he decidido si entregar la composición o no. El señor Daniels pensará que la he hecho en dos minutos. La verdad es que he tardado toda la noche y me ha dado tal dolor de cabeza que no paraba de pensar en la reina de *Alicia en el país de las maravillas* gritando: «¡Que le corten la cabeza!». Sobre todo porque en mi caso habría sido un alivio.

Me preocupa lo que pueda opinar el señor Daniels. De momento, está en el pasillo hablando con otro niño.

—Buenos días —me dice Keisha—. Te he traído una cosa.

Y saca una magdalena.

—¡Magdalenas! —grita Max.

—Esas manos quietas, Max. Esto no es para ti —le suelta Keisha.

—¡Yo querer magdalenas! —exclama Oliver agitando los brazos—. ¡Yo gustar magdalenas!

—Serás friki —le suelta Shay—. El que habla así es el Monstruo Comegalletas.

Oliver se pone muy serio de repente. No mueve ni un dedo, sólo la boca.

—Es que no lo dice el Monstruo Comegalletas, lo digo yo. Además, ¿de verdad crees que el Monstruo Comegalletas rechazaría una magdalena? A ver, no hablamos de brócoli, ni de bicarbonato o algo así. Si le dijeras que es una galleta grande con azúcar encima, se la tragaría como una aspiradora. Apuesto lo que quieras. ¿Apostamos? ¿Eh?

Jessica abre la boca, pero Shay la hace callar con una mirada.

—No, no apuesto nada. Yo nunca apuesto. Y, desde luego, no contigo.

Shay gira sobre los talones y se larga. Jessica corretea tras ella.

Oliver tarda tres cuartos de segundo en cambiar de tema.

—¡Eh! Acabo de acordarme de una cosa —exclama—. Cuando celebramos la fiesta de Halloween guardé una galleta en el pupitre.

—¿La fiesta de Halloween? —repite Keisha—. ¡Pero si fue hace tres semanas!

—¡Sí!

Oliver empieza a rebuscar en el pupitre tirando cosas al suelo. Si sigue ahí, la galleta debe de estar como una piedra.

Keisha se vuelve hacia mí.

—¿Qué pasa en esta clase? Sólo nombras comida y todos se vuelven locos —menea la cabeza y luego empuja la magdalena hacia mí—. ¡Para ti!

—¿Para mí? —pregunto. Nadie me trae nunca nada. Aparte de problemas.

—¡Pues claro! ¡Sólo para ti!

—¿Por qué?

—Porque aún me parto de risa cuando me acuerdo del día de las flores, por eso.

Parte la magdalena por la mitad y me enseña la palabra «guau» escrita en el interior.

Soy feliz.

El señor Daniels entra en el aula.

—¡Muy bien, mis queridos Fantásticos! ¡Buenas noticias! Todas las composiciones están aprobadas. Para celebrarlo, saldrán cinco minutos antes.

Los chicos se emocionan tanto como si les hubieran dicho que también repartirán pizza gratis en la cafetería.

Keisha se ríe por lo bajo. Supongo que será porque los niños están haciendo tonterías, pero entonces voltea hacia mí y me dice:

—Eres muy valiente, Ally. Me gustan las personas valientes.

A mí también, pero sobre todo me gusta que piense eso de mí.

—Eh —me dice—. ¿Quieres que comamos juntas? Yo me sentaba con las chicas, pero ya no les hablo, y ellas a mí, tampoco. Y como tú te sientas sola…

Me imagino una película en la que estamos las dos platicando en una mesa, y yo sonrío contenta.

—¿Ally? ¿Qué dices?

—¡Ah! Sí, sería genial. Gracias.


Después de la mejor comida y el mejor recreo que he pasado en mucho tiempo, el señor Daniels me pide a señas que me acerque a su mesa. Veo mi diario y mi composición. Él finge que todo va bien, pero lo noto preocupado bajo ese aire animado.

—Oye, Ally. Me alegro de que me entregaras la tarea y de que escribieras más de lo que acostumbras. Es genial.

Yo guardo silencio.

—Es que me preguntaba cuánto has tardado en escribir la composición. No te voy a pedir que la corrijas ni nada. Sólo por saberlo.

Esto me huele a trampa. Sé que algo va mal, así que me pregunto qué es mejor, si decirle que la he hecho a toda prisa en el autobús o que me costó mucho trabajo.

—¿Ally?

—Pues tardé… bastante, la verdad. O sea, he intentado escribir lo mejor posible —miro mi composición—. ¿Está mal?

—Hay buenas ideas y en eso consistía el ejercicio. No te preocupes, ¿ok?

¿Que no me preocupe? Para él es muy fácil decirlo.

# 16

# Lo que tengo

Me cae bien el señor Daniels, pero está obsesionado con la lectura. Se pasa el día hablando de libros y de lo fantásticos que son. Yo, por mi parte, casi prefiero la gripe.

Lo último que nos dijo ayer fue que hoy escribiríamos una historia y que sería nuestra oportunidad de demostrarle lo que tenemos.

Lo único que yo tengo es un plan.

Con un trozo de tela y un seguro, me he fabricado un cabestrillo. Es imposible que me obligue a escribir en estas condiciones. Me siento bastante orgullosa de mí misma, lo reconozco. Lo único que debo hacer es acordarme de no mover el brazo. Ojalá me doliera de verdad; sería más fácil.

El maestro me ve entrar y al cabo de un momento se acerca a preguntarme qué me ha pasado. He dedicado todo el camino a la escuela a ensayar la historia. He tropezado con el gato por las escaleras y me he caído.

—¿Tienes un gato? —me pregunta.

—Sí.

Asiente. Luego mira mi cabestrillo.

—¿Hace poco que lo tienes?

—No, lo tengo hace siglos. Es un miembro más de la familia —respondo, y me siento como si estuviera anunciando un producto alimenticio que no me comería ni en un millón de años.

Su expresión es un tanto extraña cuando me pregunta:

—¿Cómo se llama?

—¿Quién?

—El gato.

Me pongo nerviosa.

—Chuleta de Cerdo —le suelto.

Se ríe.

—Así que Chuleta de Cerdo, ¿eh? Seguro que a los perros del vecindario les gusta ese nombre.

Me estoy agobiando. ¿Por qué seré tan rara? ¿Y por qué ahora mismo me estoy imaginando una película sobre una chuleta de cerdo con cola, peluda y ronroneante?

Cuando el resto de la clase se sienta para ponerse a escribir, me dice que lea un libro. Yo me quedo mirando las letras, que bailotean por el blanco resplandeciente de la página. Me arden los ojos y me duele la cabeza.

El señor Daniels me mira, así que bajo la vista y recuerdo pasar las hojas de vez en cuando. Con los ojos cerrados, me imagino a mí misma volando; es una de mis películas favoritas. En ésta, planeo por encima del agua, casi rozándola con la barriga. Vuelo como una flecha hacia un castillo inundado de luz azul.

Abro los ojos un poco para ver cómo escriben los demás. Vuelvo a fijarme en la página. Incluso intento leer una línea, de verdad que sí. Al mismo tiempo, no dejo de preguntarme por qué el señor Daniels no me quita los ojos de encima.

# 17

# Almuerzo de marginados

Veo a Albert sentado en su pupitre, mirando las páginas de un libro. Sé que no está leyendo. No mueve los ojos. Lleva un moretón nuevo en la barbilla y decido acercarme a charlar con él.

—Hola —le digo.

Levanta la vista.

En ese momento, le suelto algo que a mí misma me toma por sorpresa:

—¿Quieres comer con Keisha y conmigo?

—¿Por qué?

—Bueno, tú te sientas solo y nosotras nos sentamos solas… Pero juntas. Había pensado que todos los que estamos solos podríamos sentarnos juntos.

—Ese razonamiento no tiene lógica. O sea, si estamos juntos…

—Ya —lo interrumpo—. Ya lo sé. Era una broma. ¿Qué, quieres?

—Bueno… supongo que sí. En alguna parte me tendré que sentar —contesta.

Albert inclina la silla hacia atrás y sacude el envase de leche vacío sobre su lengua para atrapar las últimas gotas.

—Y digo yo, ¿quién habrá sido el listo que pensó que a los niños les bastaba con un cuarto de litro de leche?

—¿Por qué no te compras dos?

Devuelve la silla a su posición normal y me mira con atención.

—Pídele a tu madre más dinero por la mañana —le sugiero mientras me recoloco el falso cabestrillo. Esta cosa es muy molesta.

—No me hace falta pedirle dinero. Ya está pagado.

Y entonces, de golpe y porrazo, lo comprendo. Claro. ¿Cómo he sido tan tonta? Albert tiene muy poca ropa y el señor Daniels le entrega un vale cada mañana. Nunca lo había pensado. Debe de contar con una beca de comedor. No quiero que se disguste, así que le digo:

—Perdona.

—¿Por qué?

—Bueno, por… Bueno, ya sabes. Por lo de la beca de comedor.

Se encoge de hombros.

—Hay cosas peores. O sea, que una comida gratis.

—Sí, supongo.

—A mi madre no le hace gracia, pero mi padre dice que quiere pasar a la posteridad por alguno de sus inventos, y entonces ella le contesta que debería buscarse un trabajo de verdad. Siempre se están peleando por eso.

Me sorprende que me lo haya contado y decido no compartirlo con nadie jamás.

—Hola —dice Keisha, y se sienta.

—Hola —contesto.

Albert la saluda con un gesto de la cabeza.

—Verás, Albert —empieza Keisha—. Como siempre nos estás dando lata con *Star Trek*, he visto unos cuantos capítulos. Los efectos especiales no son muy especiales que digamos. Más bien patéticos, la verdad. Parecen marionetas para niños de primero.

Albert se queda horrorizado.

Keisha se echa a reír mientras desenvuelve su sándwich.

—Sí, ya sabía yo que ese comentario te haría reaccionar.

La voz de Shay llega antes que ella.

—Mira, Jessica —dice, y las dos pasan junto a nosotros—, la isla de los juguetes perdidos.

—Sí —Jessica asiente—. Un engendro de seis patas.

Shay se ríe y Jessica se hincha de orgullo.

—Bah, esas chicas escupen veneno —suelta Keisha antes de dar un mordisco al sándwich—. No les hagas caso.

—Si no les hago caso —responde Albert.

—¿De verdad no te molesta lo más mínimo que se refieran a nosotros como «juguetes perdidos»? —le pregunto.

—A mí no —contesta Keisha—. Por mí, pueden pasar las veinticuatro horas del día hablando de nosotros. Me da igual.

Ojalá yo también pudiera tomármelo con tanta calma. Y ojalá no sintiera celos de Shay y de todas las cosas que tiene.

Albert pone los ojos como platos.

—Pero, vamos a ver, ¿por qué en la película de Rudolph marginan a esos juguetes? Las ruedas cuadradas de un tren se pueden cambiar con facilidad —Albert habla en serio, con voz chillona—. ¿Y qué le pasa a la muñeca?, ¿eh? ¿Qué tiene de malo? Sus patrones se ajustan en todo a los de la muñeca clásica.

Guau. Ya se ha puesto en plan friki.

—Y el muñeco de la caja sorpresa —continúa—. Es igual a cualquier otro, sólo que, en vez de Jack, como se les suele llamar, se llama Charlie. No se margina a nadie sólo por tener un nombre distinto.

—Eso no es verdad —rebato.

Parece sorprendido. Supongo que no está acostumbrado a que le lleven la contraria.

Levanta el envase de leche.

—Supongamos que te digo que esto es jugo de naranja. El contenido seguirá siendo el mismo.

—Eso es distinto —replico, aunque pienso que la leche empezará a saber de verdad a jugo de naranja si se lo repiten una y otra vez.

—El principio es idéntico.

Recuerdo palabras como «tonta» y «bebé», y pienso que Albert está muy equivocado.

—¿Y qué me dices del vaquero? —pregunta Keisha—. Monta un avestruz en vez de un caballo. Eso sí que es raro.

—Carece de lógica afirmar que se comporta de manera extraña sólo porque ha escogido un animal distinto, siempre y cuando pueda llevar a cabo las tareas propias de un vaquero.

—¡Albert! —exclama Keisha—. ¿Cómo es posible que digas algo como «las tareas propias de un vaquero» sin inmutarte?

—No entiendo a qué te refieres —contesta él.

Keisha apoya la frente contra la mesa, pero él continúa:

—Sobre todo teniendo en cuenta que los avestruces son más rápidos que los caballos, requieren menos agua para beber y son capaces de usar las patas y las garras como armas. Propinan unas patadas tremendas con sus afiladas garras. Yo cambiaría un caballo por un animal como ése sin pensármelo dos veces. Es lo más lógico del mundo.

En ese momento pienso que si alguien me colgara un cartel que dijera algo de mí, eso no significaría que el cartel tuviera razón. En cambio, la gente se ha pasado toda la vida afirmando que soy «lenta». En mis narices, como si fuera demasiado tonta para saber de qué están hablando.

La gente se comporta como si las palabras «lectora lenta» bastaran para conocerme. Como si yo fuera un envase de sopa y les bastara leer la lista de ingredientes para saberlo todo sobre mí. La sopa incluye un montón de cosas que no se pueden etiquetar, como el olor y el sabor, y el calorcito que notas cuando la comes. Debo de ser algo más que una niña que no sabe leer bien.

# 18

# Verdades y falsedades

Keisha se deja caer en su asiento, enfadada porque el señor Daniels le ha pedido que repita un trabajo. El maestro sabe que puede hacerlo mejor. Yo odio que los profesores me digan eso. Y entonces me doy cuenta de que el señor Daniels no me lo ha dicho nunca. De golpe, eso me molesta.

Desde el día de las cajas misteriosas, no dejo de pensar en lo agradable que es la sensación de hacer algo bien. De encajar.

Eso es lo que quiero. Sentir que soy una más. Presentar un trabajo horrible y oír que puedo hacerlo mejor. Me gustaría que el señor Daniels me dijera que espera más de mí y saber, por la expresión de su cara, que lo piensa de verdad.

Y entonces recuerdo que no puedo esforzarme más. Desde el día que llegué con el falso cabestrillo en el brazo, no he vuelto a escribir en clase. A los tres días de llevarlo, el señor Daniels me dijo que iba a pedirle a la enfermera que hablara con mi madre de la lesión, así que opté por quitármelo.

Y ahora estoy atascada. No sé quién prefiero ser: si la que admite que no puede hacer más o la que finge.

Por fin, decido entregarle al señor Daniels una composición horrorosa, a ver si me pide que la repita.

Ni siquiera me esfuerzo en escribir las palabras correctamente, como suelo hacer. Me limito a vomitar un montón de letras sin sentido. Ni siquiera yo sé lo que significan.

Me acerco a su mesa y le tiendo la composición en lugar de dejarla en la charola.

—Gracias, Ally, pero, si has terminado, ¿por qué no la dejas en la charola?

Empujo el papel hacia él.

—Pensaba que a lo mejor quería echarle un vistazo.

Nos miramos un momento y, por fin, toma la hoja.

—Está bien—dice. La ojea, frunce el ceño y luego vuelve a mirarme. En silencio. Está pensando. Lo noto.

Lo oigo en mi cabeza: «Puedes hacerlo mejor, Ally». Y lo haré. Me superaré por arte de magia y la señora Silver me entregará un trofeo tan grande que tendré que llevarlo en hombros.

—¿Ally?

—¿Eh?

—He dicho que la dejes en la charola.

Y las imágenes estallan como burbujas en mi cabeza. Me marcho con las manos vacías.


En cuanto nos sentamos en la cafetería, Keisha le dice a Albert:

—Ok. Hay una cosa que me trae de cabeza. Cada día.

—¿Qué? —le pregunto.

—Albert. Esa playera que llevas siempre, con la palabra Flint...

Él la interrumpe.

—De hecho, no llevo siempre la misma playera. Tengo cinco, todas idénticas.

Keisha abre los ojos como platos.

—¿Es en serio, Albert? ¿Te has comprado cinco playeras iguales?

Él no parece darle mucha importancia.

—Me gustan.

—Bueno, da igual, Albert —continúa Keisha—. Por fin he averiguado qué diablos significa la inscripción de tu playera. He buscado «Flint» en Google, ¿y sabes lo que he encontrado?

Él agranda los ojos esperando a que se explique.

—Es un pueblo de Michigan y, en inglés, también «sílex», que es lo que usa la gente para encender hogueras y el material del que estaban hechas las herramientas de la edad de piedra. Ah, y una especie de tenis deportivos.

Albert no dice nada.

—¿Albert? ¿Me oyes? ¿Por qué dice «Flint» en tu camiseta? No tiene sentido.

Albert se revuelve en la silla, incómodo.

—Eh, Albert —intervengo—, ¿te pasa algo? Mira, Keisha no quería ofenderte. Es que…

—Soy muy consciente de sus intenciones.

Ese comentario me inquieta.

—¿Y cuáles son?

—Saber por qué llevo esta playera.

Es curioso cómo mi cerebro se empeña en complicar las cosas mientras el suyo las simplifica. Bueno, las simplifica con un montón de palabras raras y frases kilométricas.

—Mi playera no significa ninguna de esas cosas —cierra los ojos antes de respirar hondo—. Flint es un genio inmortal de *Star Trek*, tercera temporada, episodio diecinueve. Se titula «Réquiem por…».

La carcajada de Keisha lo interrumpe.

—Albert, ¿estás bromeando?

Él carraspea y mira el reloj.

—Albert —intervengo, y le propino un toque a Keisha en la pierna. Ella, milagrosamente, deja de reír—. Sigue. Me interesa —después de lo mal que me porté con él aquel día, quiero ser súper amable—. Decías que es un tipo muy listo.

Albert se relaja.

—Flint huye a su propio planeta. Instala barreras invisibles para que los demás no noten la existencia de formas de vida. Crea robots para que lo protejan y le hagan compañía. Son… predecibles.

—Pues a mí todo eso me parece súper marciano —le dice Keisha—. ¿Por qué no quiere vivir en la Tierra, con todo el mundo?

—Pasó un tiempo en la Tierra. Se marchó para estar solo. Prefería estar solo.

Keisha se inclina hacia adelante con los brazos extendidos sobre la mesa.

—¿Y por qué diablos iba a querer un hombre abandonar la Tierra y todas las cosas que hay aquí para vivir aislado en un pedrusco en mitad del espacio?

Albert duda antes de hablar.

—Bueno… Dice que es para «alejarse de las incomodidades de la vida en la Tierra y de la compañía de las personas» —me mira a los ojos—. Yo lo entiendo. Entiendo que alguien quiera alejarse de los demás. Abundan las personas que no te tratan bien… y, bueno…

—Oye, Albert —el tono de Keisha se suaviza—, no quería decir que…

Albert la interrumpe.

—No estoy insinuando que tú me trates mal.

Qué alivio.

—Pero hay otros que sí —termina.

# 19

## Un secreto un tanto amargo

Tal como esperaba, mi madre sonríe cuando nos ve a Albert, a Keisha y a mí entrar en Petersen's. Nos acompaña a un gabinete del centro del restaurante y nos toma la orden. Keisha se sienta a mi lado y Albert ocupa buena parte del asiento de enfrente.

—Bueno —empieza a decir Keisha—, gracias por invitarnos un helado.

—De nada.

—Debe de ser fantástico venir aquí cada día —comenta.

—¿El helado te sale gratis?

—Mi madre sólo me deja comerlo una vez a la semana. Y no me sale gratis, sólo a mitad de precio, creo —les explico.

Albert se revuelve un poco en el asiento.

—¿Y qué?, ¿alguna de ustedes añora a la señora Hall?

—¿A nuestra antigua maestra? —pregunto—. No estaba mal, pero prefiero mil veces al señor Daniels. Es muy simpático.

—Sí —dice Keisha—. Medio bobo, pero en el buen sentido.

—Sí —asiento.

—Pues yo creo que no es de fiar —suelta Albert.

—¿El señor Daniels? —me escandalizo.

Albert se frota las palmas de las manos en los jeans.

—Me preguntó por qué tengo tantos moretones. Creo que piensa que mis padres me pegan. Tuve que hablar con la psicóloga de la escuela —cambia de postura—. Mis padres rescatan los insectos y las arañas que se meten a la casa y los devuelven al jardín en lugar de matarlos. No sería lógico que salvaran a las arañas y le pegaran a su hijo.

Miro a Keisha. Espero que ella sepa qué decir. No lo sabe.

Respiro hondo.

—Bueno, Albert, incluso yo me pregunto a veces cómo te haces esos moretones.

Baja la voz. Ahora parece un niño. No la versión robótica de un niño, como es habitual.

—Un grupo de niños la trae contra mí. Me los encuentro después de clase.

—¿Quedas de verlos? —le pregunta Keisha.

—Bueno, no —contesta él—. Me buscan.

—Lo siento.

Albert asiente una vez y baja la vista al suelo.

—¿Se lo has contado a alguien?

Él se encoge de hombros.

—¿Te defiendes, al menos? —quiere saber Keisha.

—Estoy en contra de la violencia. Y, de todas formas, siempre es culpa del más grande. Nadie creería que unos niños molestan a un grandulón como yo. Darían por sentado que yo había empezado y no al revés.

Se queda mirando el helado de vainilla y luego levanta la vista. Quizá más animado.

—Esto me recuerda al helado de la isla de Ellis.

—Puede que seas un cerebrito, pero, en serio, Albert, no hay quien te entienda —se desespera Keisha.

—Cuando los inmigrantes entraban en Estados Unidos por la isla de Ellis, a veces los invitaban a comer helado, pero ellos no sabían lo que era. Lo confundían con mantequilla y lo untaban en el pan tostado.

Nos reímos a carcajadas.

—Yo creo que esto es lo mismo. Esos niños piensan que les voy a pegar, así que… Bueno, me pegan ellos primero.

—No, Albert —lo corrige Keisha—. Piensan que no vas a defenderte. Piensan que pueden usarte como saco de boxeo. Por eso te molestan.

Él arruga las cejas.

—Albert, esto no es ninguna broma —continúa ella—. ¡Te dejan unas marcas horribles! ¿No se enfadan tus padres? Si alguien me hiciera algo así, mi madre saldría a buscarlo.

—Mi padre está muy ocupado con sus inventos y mi madre ya tiene bastantes preocupaciones.

—Deberías pedir ayuda —afirmo—. Keisha tiene razón.

Se encoge de hombros.

—No quiero que nadie me ayude. Debería ser capaz de arreglar esto yo solo.

—Albert —empieza Keisha, con los ojos muy abiertos de la indignación—, puedes arreglarlo. ¡No dejes que esos chicos te golpeen! Has dicho que eres más grande que ellos.

—Sí, los llamo «la marabunta». Un grupo de hormigas que, cuando se juntan, arrasan con todo a su paso.

Me río, pero por dentro estoy triste.

—No, en serio, Albert —ahora Keisha está enfadada—. Dales una lección. Dales la cara.

—No va con mi carácter pegarle a nadie. No responderé a la violencia con más violencia. No me voy a rebajar a su nivel.

—¿Rebajarte a su nivel? —le pregunto.

—Si me comporto como ellos, no soy mejor que ellos —se explica.

—Bueno, pues a mí me parece más bien que sería como dotar a una medusa de espina dorsal —opina Keisha.

Albert entorna los ojos, y me pregunto si de verdad está enfadado.

—Algunas de las criaturas más letales de la Tierra son invertebradas.

—No me vengas con rollos científicos —replica Keisha—. Yo lo único que sé es que tienes que defenderte. Si dejas que te hagan eso, les estás dando a entender que te parece bien.

Albert se queda callado.

Keisha ya no habla con tono suave.

—No lo entiendo, Albert. ¿Qué diablos te tienen que hacer para que les plantes la cara?

Albert parece disgustado. Sé que Keisha intenta ayudarlo, pero creo que le está tirando un ancla cuando lo que necesita es un chaleco salvavidas.

—¿Y qué, Albert?, ¿siempre te han gustado las ciencias? —le pregunto para cambiar de tema.

Keisha aspira de golpe y mira al cielo, frustrada con Albert.

—Sí —asiente—, pero, Ally, me gustaría hacerte una pregunta.

—Claro. Di.

—No es que Shay sea muy amable, pero he observado que a ti te trata fatal y no entiendo por qué. ¿Tú lo sabes?

—Es verdad —asegura Keisha—. La trae contra ti.

—Sí, bueno…

—Ah, aquí hay carnita —exclama Keisha—. Me encantan las buenas historias.

—No es por nada. El año pasado gané el premio de dibujo. Se enfadó.

—Ah, no. Sé que hay algo más. Cuenta.

—Digamos que me guarda rencor.

—Cuenta. Has usado la palabra «rencor» y eso significa que la historia es jugosa.

—Bueno… El segundo día de llegar a la escuela, a la hora de comer, me compré un paquete de galletas saladas. Me dijeron que me sentara a su lado y no le hizo ninguna gracia. Casi me había terminado el sándwich cuando me quitó el paquete de galletas, lo abrió y se lo comió.

—¿En serio? ¿Eso hizo?

Asiento. No me apetece acabar la historia.

—Esa chica es alucinante —dice Keisha meneando la cabeza.

—En fin, yo tengo la manía de hacer cosas sin pensar. Bueno… —guardo silencio un momento—, antes más que ahora. El caso es que, cuando sacó un trozo de pastel de su lonchera, alargué la mano, hundí los dedos en el glaseado, tomé un trozo y me lo metí en la boca.

Keisha se tira sobre la mesa muerta de risa mientras Albert me mira como si acabara de recibir un piquete.

—¿Hiciste eso? —me pregunta con unos ojos como platos.

—Y entonces… —uf, la verdad es que no me apetece nada contarles esto—. Mientras me chupaba el glaseado de los dedos, le pregunté: «¿Qué te ha parecido esto?».

Me encojo estremecida al acordarme de la cara que puso Shay. Primero se sorprendió y luego me miró como si yo fuera una enfermedad con patas. Y, muy en el fondo, supe que la pagaría eternamente.

Keisha aún se está riendo.

—Es genial. Ojalá hubiera más gente capaz de poner a esa chica en su sitio. Se cree con derecho a todo.

Yo digo, medio pensando en voz alta:

—Pensó que yo era una friki.

—Se lo merecía. ¡Mira que comerse tus galletas así como así! ¿Por qué iba a pensar eso?

—Bueno, el caso es —continúo, y entonces me callo, porque me cuesta mucho confesar el resto— que me enfadé porque se había comido mis galletas, pero, cuando terminamos de almorzar, me metí la mano en el bolsillo de la chamarra y encontré el paquete.

Keisha se parte de risa mientras Albert levanta las cejas.

—Un momento —dice él—, ¿en realidad no se había comido tus galletas?

Digo que no con la cabeza.

—Entonces ¿piensa que le tomaste un trozo de pastel porque sí? —pregunta Keisha.

—Uf, sí. Más o menos. Sí.

Las carcajadas de Keisha ganan intensidad. Desde la otra punta del restaurante, mi madre me lanza «la mirada». Keisha se inclina hacia mí y dice:

—Ok. Lo reconozco. Es la mejor historia que he oído en toda mi vida. Ally Nickerson, si no te quisiera ya por aquello de las flores, te querría por esto.

# 20

# ¿Y eso es bueno?

Oigo un portazo en el recibidor y Travis me llama. Parece contento. O sea, muy contento. Se asoma a mi habitación.

—¿Sabes qué?

—¿Qué? —le pregunto, pero no me contesta.

Se queda donde está con una sonrisa bobalicona en la cara. En ese momento, me fijo en lo que lleva en la mano y me levanto de un salto.

—¿Lo tienes? ¿En serio?

Sigue sin contestar. Agita las llaves como si fueran un sonajero.

Salimos de casa corriendo y allí, arrimada a la banqueta, está la sorpresa, aunque no la que yo esperaba.

—Ya sé que no parece gran cosa.

Se equivoca. Es una cosa enorme. Gigante y de un verde chillón. Como un pepinillo con ruedas.

—No —le digo—. Es increíble.

—A mí no me engañas, pequeñuela. Te conozco bien.

—¿Por qué está como rayado?

—Ah, bueno, supongo que el dueño anterior lo pintó con un pincel en vez de hacerlo con aerosol. Tendré que lijarlo.

Y raspar el cromado de la carrocería. Pero el motor es bueno. Va a volar.

Si quiere conseguir que ese cacharro vuele, tendrá que atarlo a un globo gigante. Ya estoy viendo un dibujo en mi cabeza.

—Y los coches tan viejos no llevan computadora. Solos el hombre y la máquina.

Lo miro.

—¿Y eso es bueno?

Me empuja con suavidad.

—Cuando te lleve de un lado a otro, te encantará. ¿A la playa? ¿Al parque de diversiones?

Vuelvo a mirarlo.

—¿En serio?

—A donde quieras, pequeñuela.

No me imaginaba que su coche sería nuestro coche. Que me llevaría de acá para allá.

—¿Quieres que demos una vuelta?

—Claro. ¿Quién empuja?

—Muy pronto te arrepentirás de haber criticado esta belleza. Te lo aseguro. Deberías mostrarle respeto.

—Travis, sabes que sólo es un coche, ¿no?

—¿Sólo un coche? —finge indignarse—. ¿Sólo un coche?

Corre al otro lado y se sube. Me abre la puerta y subo yo también. Es un asiento de los largos. La moneda de cincuenta centavos de la serie Libertad cuelga del espejo retrovisor. Tengo la sensación de que mi padre y mi abuelo están con nosotros.

Cuando arranca el motor, suena como un gigante acatarrado. Nos dirigimos a la avenida Farmington por delante de la iglesia de St. Thomas.

Ha llovido durante toda la mañana y ahora vuelve a empezar. Gotas grandes como bombas se estrellan contra el parabrisas. Travis suelta una maldición, para el coche y saca un muelle y una cuerda húmeda de la guantera.

—¿Qué haces?

Sale sin preocuparse por la lluvia, agarra el limpiaparabrisas de mi lado y, con el muelle, lo conecta a algo que hay al final de la ventana. Luego ata ese limpiaparabrisas al segundo, pasa la cuerda por su ventanilla y vuelve a subir. Riendo y chorreando.

—¿Qué diablos estás haciendo? —le pregunto.

—Tres. Horas —dice.

—¿De qué hablas?

—Tres horas después de registrarlo esta mañana, el motor del limpiaparabrisas se ha parado. Así que he ido a la ferretería y he hecho este arreglo. Mira.

Con el brazo izquierdo jala la cuerda y los limpiaparabrisas despejan el agua del cristal. Cuando lo suelta, el muelle los devuelve a su lugar golpeando el final de la ventanilla.

—Eh. ¿No habías dicho que eras un genio? —bromeo.

—Lo soy. Todos los genios se topan con alguno que otro virus del sistema.

—Pensaba que eran los médicos los que hacían eso.

—Muy graciosa.

Se ríe.

—¿No es muy engorroso conducir y hacer eso al mismo tiempo?

—Tienes razón, pequeñuela. Manéjalos tú —dice, y jala el extremo de la cuerda al asiento trasero—. Pásate ahí y siéntate detrás de mí.

—Ok —digo, y salto por encima del respaldo.

Le doy un jalón a la cuerda y luego la suelto. Los limpiaparabrisas suben y bajan. Es divertido ver cómo limpian el cristal; cómo la imagen se emborrona y luego se aclara. Y pienso que más tarde haré un dibujo alucinante inspirado en esta escena, y me alegro de tener este coche tan raro, de color pepinillo.

—Guau, qué divertido. Y cuánto trabajo —le digo a Travis. Se me está cansando el brazo.

Me mira por el espejo retrovisor y suelta una carcajada. Yo me río también, y cuando lo hago me cuesta aún más jalar la cuerda.

Nos detenemos al llegar al semáforo y Travis me dice que mire fijamente a la señora que conduce el coche de al lado. Lo hago. Ella se agobia, y pienso que su expresión es lo más divertido que he visto en la vida. Hasta que descubro a Shay sentada a su lado.

En cuanto el señor Daniels sale al pasillo para hablar con otro maestro, Shay suelta, con voz chillona para que todo el mundo la oiga:

—Madre mía, Jessica. Ayer vi a Ally trepada en un coche horroroso de color verde. No sé ni cómo lo dejan circular. La pobre Ally tenía que jalar una cuerda para mover los limpiaparabrisas.

—No lo dirás en serio… —responde Jessica.

—Ally, ¿en qué deshuesadero encontraste esa carcacha?

Jessica se ríe, tan complaciente como siempre.

Yo no les hago caso. Mi madre siempre me dice que ignore a las personas malas, porque sólo intentan provocarte.

—O sea, hay que ser muy perdedor para tener un coche como ése. Debe de ser lo único que puede permitirse tu madre.

Ya no aguanto más.

—Es de Travis, mi hermano. Y no es un coche de perdedor.

—Ya lo creo que es un coche de perdedor. Y eso significa que tu hermano Travis es un perdedor.

Se parten de risa.

—Pensaba que no podía existir nadie más perdedor que tú en el mundo, Ally, pero me equivocaba —remata Shay.

—¡Cállate! —le digo justo cuando el señor Daniels vuelve a entrar—. Ustedes sí son unas perdedoras. Ustedes. No él.

—¿Ally? —me llama el señor Daniels—. Ven aquí, por favor.

—¿Qué? —pregunto, intentando controlar mi tono brusco.

—No me esperaba que fueras por ahí insultando a tus compañeras.

—Se pueden meter conmigo todo lo que quieran. Y le aseguro que lo hacen, cada vez que se les antoja. Pero no voy a permitir que insulten a Travis. Nunca.

—¿Travis es tu hermano, el mayor?

—No, es mi hermano mayor.

Sonríe a medias.

—Es lo mismo, ¿no?

—No. Un hermano mayor es alguien que cuida de ti y sonríe cuando entras en una habitación.

Asiente despacio.

—Ya veo —carraspea—. Entiendo que te hayas disgustado y me parece bien que defiendas a tu hermano, pero la próxima vez te alejas y ya está. ¿Está bien?

Asiento, aunque la verdad es que empiezo a estar cansada de alejarme sin más.

# 21

## Mariposas con deseo

Estamos haciendo una lluvia de ideas para un proyecto de servicios comunitarios.

Shay levanta la mano.

—Yo voy a celebrar una fiesta de cumpleaños y voy a invitar a todo el mundo porque no quiero excluir a nadie.

—¿Y eso qué tiene que ver con el proyecto de servicios comunitarios? —pregunta Keisha, y la clase entera se queda esperando la respuesta.

—Bueno, tiene que ver con la comunidad. Con implicar a todo el mundo.

—Sí, claro —me susurra Keisha.

El señor Daniels elogia el gesto de Shay y cambia de tema rápidamente. Más tarde, mientras recogemos las cosas para almorzar y salir al patio, Shay habla con Jessica en voz alta.

—Me da una rabia que mi madre me obligue a invitar a todo el mundo… —y, mirándonos directamente a Keisha y a mí, añade—: Espero que algunas personas sepan lo que les conviene y no aparezcan.

Mi madre está empeñada en que vaya a la fiesta de Shay. Aunque le he contado que es muy mala, ella insiste:

—Bueno, habrá más niños, ¿no? A lo mejor te la pasas bien.

Albert tomó la invitación del buzón antes de que la viera su madre. Keisha y su familia van de visita a casa de su abuela. Así que estaré sola.

A la hora de comer, les pregunto a Albert y a Keisha qué enfermedades podría utilizar de excusa para no ir.

—¿Qué te parece la peste bubónica, también conocida como peste negra? —propone Albert.

Keisha se atraganta con la leche.

—¿Hablas en serio?

—Sí, quizá sea pasarse un poco —opino, aunque me lo replanteo—: ¿Qué síntomas presenta?

—Pues, a ver… Escalofríos, fiebre, calambres. Ataques. Los dedos de los pies, la nariz y los labios se ponen negros porque las células mueren. Y a veces escupes sangre.

—Albert —Keisha se desespera—, eso es de locos. Podría enfermarse como una persona normal, ¿no? Tos. Mocos. ¿Te suena?

—Muy bien —responde Albert, y da un mordisco a su sándwich—. Es que un resfriado me parecía un tanto vulgar, nada más.

La fiesta de Shay se celebra en los Jardines de las Mariposas y, cuando llego, reconozco a varias chicas de otros salones. Todas llevan pulseras de la amistad. Jessica lleva aún más que la última vez. Todavía deseo una con toda mi alma. ¿Le gustarán a Keisha esas pulseras?

Al cabo de un momento, nos piden que nos pongamos en fila y nos llevan al jardín de las mariposas principal, que es una carpa de plástico transparente dentro de otro salón más amplio. La carpa está llena de plantas y flores, entre las que revolotean montones de mariposas. Los visitantes se quedan de pie y, de vez en cuando, alguna mariposa acude a posarse sobre ellos. Entonces adivinas, por la expresión de sus ojos, que están encantados.

Antes de dejarnos entrar en la carpa, una señora nos habla de esos insectos. Nos describe los dibujos de las alas y nos dice que nos fijemos en unas que tienen un círculo grande en cada una. Nos explica que los han desarrollado para hacerlos pasar por ojos ante otros animales. Así, los demás las considerarán más grandes y peligrosas de lo que son en realidad y las dejarán en paz. Ojalá pudiera hacer yo lo mismo para espantar a Shay; y Albert también, para quitarse a los niños esos de encima.

Nos recuerda que no toquemos las mariposas porque son muy delicadas. Debemos quedarnos de pie y dejar que se acerquen a nosotros. La señora me señala y dice:

—Les va a encantar esa playera amarilla.

Tiene razón. Las mariposas acuden a mí. Viendo sus colores y sus formas, me pregunto por qué nunca me ha dado por dibujarlas. No vuelan igual que los pájaros. Revolotean de acá para allá. A lo mejor soy medio mariposa.

Levanto los brazos como si fuera un árbol y se posa sobre mí una mariposa, luego otra. Me encantan. Nunca me había dado cuenta de lo mucho que me gustan.

Me acuerdo de una historia que nos contó Albert durante la clase de ciencias sociales, cuando estudiábamos el tema de los nativos norteamericanos. Dijo que las consideraban criaturas especiales, capaces de conceder deseos. Y que, si consigues atrapar una, debes susurrarle tu deseo más profundo y luego liberarla. La mariposa llevará tu deseo a los espíritus, que te lo concederán.

Ni se me ocurriría cazar una mariposa, pero, como de costumbre, mis manos actúan sin mi consentimiento. Cuando una preciosa, de color naranja chillón y negro, se posa en mi mano, la cierro sin apretar.

De repente, la parte de mí que sí es capaz de pensar se pega un susto tremendo al darse cuenta de lo que acaba de hacer mi mano. Abro el puño y la mariposa vuela en zigzag antes de aterrizar en el suelo.

La señora que nos ha dado instrucciones aparece a mi lado al momento.

—Oh, no. ¿Qué has hecho? —me pregunta.

Quiero explicarle lo de los deseos, pero Shay y las demás ya se apiñan a mi alrededor.

—Tenía que ser Ally. De seguro la ha matado. Todo el mundo sabe que no pueden tocarse las alas de las mariposas.

—No la he matado. Yo nunca les haría daño. Quería pedir un deseo y he pensado que…

Todas se echan a reír.

—Tú siempre dando la nota —me suelta Shay.

Suki corre hacia el insecto para ayudarlo, pero una mujer se acerca a toda prisa y le ordena que se aparte.

—¿Con quién has venido? —me pregunta la mujer.

La madre de Shay da un paso adelante.

—Ha venido con nosotros, pero no es hija mía. Estamos celebrando una fiesta de cumpleaños.

Ojalá estuviera aquí mi madre. Ella lo entendería. Me siento fatal al ver a esa mariposa en el suelo, agitando las alas pero incapaz de volar. Conozco la sensación.

La primera señora se enfunda unos guantes blancos y coloca el insecto herido en una caja, diciendo:

—Menos mal que no se le han roto las alas.

La segunda me mira como si yo fuera una cruel cazadora de mariposas.

Quiero disculparme, pero olvido hacerlo, porque estoy imaginando una película en la que la mariposa cae en picada, cada vez más abajo, sin poder alzar el vuelo. Y luego la imagen se llena de mariposas que caen como lluvia. Y me siento tan triste como cuando he visto desplomarse a la de verdad.

Suki se acerca.

—Sé que no has hecho daño a propósito.

—Gracias —murmuro. Tiene razón, pero también es verdad que la he rodeado con la mano.

Supongo que no podía resistirme a pedir un deseo.

A veces una sería capaz de cualquier cosa con tal de conseguir que un sueño se haga realidad.

## 22

# Quién quiere estar a la altura de una reina

Más tarde intento llamar a Albert, pero una grabación me informa que ese número ya no existe, y me preocupa pensar si habrá tenido que mudarse o algo así.

Cuando lo veo el lunes en la escuela, respiro aliviada.

Corro hacia él.

—Albert, ¿es verdad que si tocas las alas de una mariposa ya no puede volver a volar? O sea, ¿la matas?

—Una pregunta sumamente curiosa para un día tan frío como hoy. Con temperaturas como éstas…

—¡Albert! Contesta. Sí o no.

—No, eso de que si tocas las alas de una mariposa ya no puede volar es una leyenda. El polvillo de sus alas sólo son escamas. Mudan esas escamas cada cierto tiempo, así que no pasa nada por tocarlas. Sólo les haces daño si les rompes las alas.

Recuerdo que la mujer aseguró que las alas de la mariposa estaban intactas. Abrazo a Albert, y de repente me doy cuenta de lo que estoy haciendo. Me parto de risa al ver su expresión. Como si Einstein en persona acabara de decirle que la Tierra no es redonda, sino que tiene forma de cuchara.

—Bonita playera, Albert. ¿Es nueva? —Shay se ríe de su propio chiste. Antes de que él le conteste, se acaricia la manga del suéter—. Este suéter es nuevo. Morado, del color de la realeza —afirma mirándome a los ojos—. Por eso es mi favorito.

No entiendo a qué viene eso y me da mucha rabia no saber qué contestarle. Por la mañana, en casa, mientras me como el plato de cereal, siempre se me ocurren unas réplicas buenísimas.

—Tienes razón. El morado es el color de la realeza —le responde Albert a Shay.

—Sí, sí lo es —añade ella con voz cantarina, y me entran ganas de mandarla a freír espárragos.

—Ustedes dos son tan burdos… —se vuelve para mirarme—. Apuesto que Ally ni siquiera sabe lo que significa la palabra «burdo». ¿Verdad que no?

—Yo sé lo que significa «burdo» —la interrumpe Albert—. Y también sé algo más. Que sólo una persona muy burda llevaría encima baba de caracol.

Shay nos mira como si fuéramos nosotros los que estamos cubiertos de baba.

—Has dicho que el morado es el color de la realeza —se explica él—. Y es verdad. Lo llevaban porque era el color más caro y difícil de fabricar. En la Edad Media, tenían que recoger tres mil caracoles *Murex brandaris* para reunir la baba necesaria para teñir una sola capa. Así que me alegro por ti. Yo prefiero el beige —se vuelve hacia mí—. ¿Tú qué dices, Ally? ¿Baba o beige?

—Beige, claro —intento permanecer seria, aunque me cuesta mucho, y hago todo lo posible por evitar que la risa se cuele a mi voz, porque la expresión que muestra Shay cuando mira su suéter nuevo, como si de verdad estuviera cubierto de baba de caracol, es de las que no se olvidan.

# 23

# Palabras que respiran

El lunes es el día del vocabulario. El señor Daniels nos explica las palabras nuevas que vamos a trabajar esa semana. Comparado con la lectura, esto no está mal. Lo único que tengo que hacer es escuchar mientras él nos aclara el significado de las palabras. A mí no me cuesta recordarlas, porque me imagino una película sobre cada una.

En clase, tengo una regla que siempre aplico: pasar desapercibida. Si me preguntan, respondo «no lo sé» aunque conozca la respuesta. He descubierto que, cuando contesto, luego los maestros esperan más de mí y siempre acaban decepcionados. En cambio, si saben que no voy a responder, dejan de intentarlo.

Hoy he roto mi propia regla. Durante la sesión de vocabulario, el señor Daniels ha propuesto dos palabras: «solo» y «aislado». Ha pedido voluntarios para explicar la diferencia entre ambas.

Cuando mi mano se levanta, tengo la sensación de que no me pertenece. El señor Daniels se interrumpe a media frase y me mira.

—¿Sí, Ally?

¿Qué acabo de hacer? Me pongo a discurrir a toda prisa qué decir. ¿Y si le pido permiso para salir a tomar agua? Lo más curioso es que, muy en el fondo, sí quiero responder. Porque soy una experta en esas dos palabras. Conozco muy bien ambas sensaciones. Sobre todo después del incidente de la mariposa.

El señor Daniels agranda los ojos y todos esperan mi respuesta.

—¿Ally? —me dice él—. Tranquila. Tómate tu tiempo.

Y tengo la sensación de que el señor Daniels me ve por dentro. Sabe lo triste que estoy. Me siento como si me tendiera una linterna en un cuarto oscuro.

Lo miro a los ojos y me olvido de todos los demás. Digo:

—Bueno… «solo» es un estado. Significa que no hay nadie más contigo. No es ni bueno ni malo. Cuando mi madre y mi hermano están trabajando, yo estoy sola, pero no me importa —trago saliva con esfuerzo. Me revuelvo en la silla—. En cambio, sentirse aislado nunca es una elección. Da igual si hay más gente contigo. A veces, te sientes aislado estando solo, pero lo peor es sentirse aislado cuando te rodea un montón de gente, porque estás solo a pesar de todo. O ésa es la sensación que tienes.

Miro al señor Daniels. Se ha metido las manos en los bolsillos y parece triste. Intento recordar lo que acabo de decir, pero eso de intervenir en clase me pone tan nerviosa que mi mente se ha borrado como si fuera el pizarrón magnético. No puede reproducir las palabras. ¿Qué he dicho? ¿Por qué me mira el señor Daniels con esa cara?

Guardar silencio y dejar que la gente te considere tonta es mejor que hablar y darles la razón.

El maestro dice mi nombre.

—¿Eh?

Nadie se ríe. Ni siquiera Shay, ni Jessica.

—Bueno —dice el señor Daniels por fin—, si existiera el premio a la mejor respuesta del año, te lo daría —levanta los brazos como para celebrar una victoria—. Ha sido una explicación… bueno, ¡excelente!

Me quedo mirando mi mesa. No entiendo por qué ha dicho eso.

—¿Ally?

Levanto la vista.

—Gracias —respondo. Necesito moverme. Marcharme. ¿Por qué se comporta como si hubiera ganado los Juegos Olímpicos del Deporte Mental sólo porque he contestado una pregunta de nada?

—Por favor, ¿puedo ir al baño?

El señor Daniels parece confundido.

—Ah, sí. Claro, Ally. Ve.

Cuando me levanto, Shay me mira entornando los ojos y menea la cabeza de un lado al otro. No hace falta que diga nada, porque mi cerebro ya lo hace por ella.

Da igual que haga algo bien, porque de todas formas me siento como si hubiera metido la pata. Si fuera una moneda, sería un centavo de madera.

# 24

# El héroe imaginario

El señor Daniels nos pide que escribamos sobre nuestro personaje de ficción favorito —uno al que consideremos un héroe— y preparemos una pequeña presentación para el resto de la clase. Qué raro que a Albert le resulte tan difícil. Le dice al señor Daniels que no es lógico admirar a un personaje que no existe en realidad, pero el maestro le contesta que el ejercicio le irá bien, lo que deja a Albert superconfundido. Vuelve a su sitio murmurando, y eso que Albert nunca murmura. O habla o no lo hace.

Oliver, en su pupitre, recita una lista de todos los superhéroes habidos y por haber.

—Superman, Capitán América, Batman —se vuelve hacia Suki, preocupado—. ¿Robin es un superhéroe? O sea, su traje no impresiona nada. Y no tiene superpoderes. Aunque Batman tampoco, en realidad, pero Batman mínimo cuenta con el batimóvil y el batiavión. Robin sólo lo acompaña. Eso de ser el acompañante no rifa. ¿Tú qué piensas?

Suki abre la boca para hablar, pero no sale ningún sonido de sus labios. Da igual, porque Oliver ya ha cambiado de tema.

—Spider-man no está mal. A lo mejor escribo sobre él —le planta a Suki la palma de la mano en la cara—. Dispara telarañas. Y se columpia de un edificio a otro. ¡Eso sería lo MÁXIMO!

—Oye, friki —susurra Shay, y le echa un vistazo al señor Daniels, quien está revisando algo con otro alumno, para asegurarse de que no la oye—, no nos apetece nada oír todos los disparates que se le ocurren a esa coladera de cerebro que tienes. Los demás estamos intentando trabajar.

Oliver se queda tan tranquilo. Hasta que dice, muy despacio:

—Si. Yo. Fuera. Aquaman. Invocaría. A las pirañas. Para que te llevaran con ellas. A lo mejor te nombraban reina.

Keisha se echa a reír y el señor Daniels levanta la vista por fin.

—¿Keisha?

Ella coloca el brazo sobre el pupitre y apoya la frente contra él. Para aguantarse la risa. Cuanto más le cuesta, más miradas asesinas le lanza Shay. Como el señor Daniels está viendo, casi todo el mundo se pone a trabajar. Al cabo de un rato, incluso Keisha lo hace.

Yo, en cambio, sigo mirando a mi alrededor. Me encanta eso de que Albert no encuentre ningún personaje mientras que Oliver no sabe por cuál decidirse. En cambio, no me hace ninguna gracia lo mucho que me cuesta escribir sobre el mío. Ojalá yo fuera un personaje de ficción.


Cuando el señor Daniels me pide que me acerque a su mesa, me fijo en que sostiene mi composición. Ver a un maestro con uno de mis ejercicios en la mano nunca es buena señal. Por suerte, el señor Daniels jamás llena mis trabajos de tachones rojos. Antes, mis trabajos parecían soldados heridos.

El señor Daniels ha escrito sus comentarios en verde y se disculpa porque no entiende bien mi letra. Dice que mi personaje tiene muy buena pinta, pero le gustaría saber algo más.

—¿Me lo puedes leer en voz alta?

Vaya. Tomo el papel y bizqueo sin parar. Intento descifrar mi propia caligrafía. Espero, convencida de que me va a decir que me esfuerce más. Que haga algo que soy incapaz de hacer.

Me quita el papel con suavidad.

—Bueno, ¿por qué no me lo cuentas en lugar de leerlo? —propone—. Para empezar, dime cómo se llama.

Siento un alivio tan grande que no me atrevo a pestañear. Odio sentirme tan presionada. Por suerte, esta vez me he librado. Procuro bajar la voz para que nadie me oiga.

—Es R. Nava Iv.

—Ah, ya —dice—. Es el nombre que le damos al arco iris, para recordar los colores del espectro, ¿no?

Asiento.

Me mira con atención. Antes de que me diga que no se refería a eso, salto:

—Nos ha pedido que habláramos de un personaje de ficción, y he imaginado que se refería al protagonista de un libro, como Alicia de *Alicia en el país de las maravillas*, pero R. Nava no existe y no hay ningún otro personaje que signifique tanto para mí. Me encantan los colores, los utilizo para pintar y el dibujo es lo único que…

Me interrumpo antes de confesar que me siento un completo desastre en todo lo demás.

—Muy inteligente, Ally —responde—. La verdad es que me gusta que no hayas elegido un personaje de libro exactamente. Te has salido de los esquemas. Has pensado «fuera de la caja».

Me imagino a mí misma plantada delante de una enorme caja de cristal. Todos los demás están adentro. Juntos.

—¿Sabes lo que significa «pensar fuera de la caja»?

Sacudo la cabeza para decir que no.

—Significa que eres creativa. Que piensas de manera distinta a los demás.

Genial. Me gustaría que, por una vez, me dijeran que soy como todo el mundo.

—Pensar de manera innovadora es algo bueno. Las personas que piensan así son las que cambian el mundo.

Un momento. A juzgar por la expresión de su cara, no parece que me esté criticando.

—¿Es algo así como quemar las naves? —pregunto sonriendo un poco.

—Exactamente eso.

Asiente.

Y luego me mira fijamente durante tanto rato que empiezo a preguntarme qué estará pensando, hasta que por fin me manda a mi lugar.


Al día siguiente, cuando llega el momento de explicar a los demás qué personaje hemos escogido, empiezo por preguntarles a todos cuál es su color favorito. Qué divertido. Esta parte de ser maestro debe de ser muy padre, aunque antes me como las crayolas que hacer todo lo demás.

Saco el disco cromático que preparé ayer en casa. Es un trozo de cartulina blanca que dividí en siete partes iguales, como si fuera un pastel. Calculé que cada uno de los ángulos debía medir cincuenta y un grados para que las siete porciones fueran idénticas. Usé el transportador de Travis para trazar las líneas con la máxima exactitud. Luego pinté cada una de las partes de un color del espectro y me aseguré de que los tonos fueran muy intensos.

—¿Qué color se obtiene cuando los mezclas todos? —pregunto.

Casi todos mis compañeros suponen que algún tono oscuro.

—Mi color favorito es el blanco —les explico—, porque es la mezcla de todos los colores.

Albert asiente levemente.

Shay le dice a todo el mundo que eso no tiene ni pies ni cabeza, pero he preparado una respuesta para eso.

—Si mezcláramos pintura, tendrías razón, pero si hablamos de los colores como un simple reflejo de la luz, cuando los mezclas obtienes el blanco. He traído esta rueda para demostrarlo.

Me siento como un mago. Les enseño la rueda con todos sus colores. Luego clavo en el agujero del centro el clip que he extendido y hago girar la rueda. Cuando da vueltas muy deprisa, los colores se funden en blanco. Luego, a medida que se detiene, las tonalidades reaparecen.

Jessica se inclina hacia adelante.

—Qué fantástico.

Shay la mira de mala manera hasta que Max opina lo mismo que Jessica. Entonces asiente y le da la razón.

—¿Nos lo vas a regalar? —pregunta Oliver.

Dudo.

—No iba a… —miro el disco cromático—. ¿Por qué no?

—Te gustó, ¿eh, Oliver? —le comenta el señor Daniels.

—Se lo daría a la conductora del autobús. Le gustan las cosas con arco iris pintados.

—Vaya, es muy considerado de tu parte, Oliver —le dice el señor Daniels.

Vuelvo a mi lugar. Mientras me siento, me pregunto si debería regalarle a Oliver el disco de colores. Jessica y Shay hablan a mi espalda.

—¿Me das otra pulsera? —le pide Jessica a Shay.

—No creo que pueda. Me las ha pedido un montón de gente. Además, ya tienes muchas.

—Bueno, pero no me molestaría tener una más.

Se hace un silencio y me dan ganas de volverme hacia ellas, pero se supone que no estoy escuchando.

—Mira —dice Shay—, ya tienes siete. Debo atender otros pedidos. Además, todavía me debes tres dólares de la última. No te daré ninguna más hasta que me hayas pagado las que llevas en la muñeca.

Un momento. Me giro a toda prisa. No puedo evitarlo.

—¿Les cobras a tus amigas por las pulseras de la amistad?

—Conque poniendo la oreja, ¿eh? Sí, ¿y qué? ¿Quieres una?

Jessica se inclina hacia adelante.

—Un momento. ¿Le vas a dar una a ella?

—No, idiota. No se la voy a dar. Se la voy a vender. Pero ¿sabes qué? Ally debería pagar más. Mucho más —se vuelve a mirarme—. Diez dólares.

Me echo a reír.

—Uf, no, gracias. Antes me pongo unas esposas.

No lo puedo creer. Shay cobra a sus amigas por algo que, en teoría, es un símbolo de amistad y lealtad. Y aún me sorprende más que ellas lo paguen.

—Qué tonta eres, Ally Nickerson —me suelta Shay.

Miro a Keisha y a Albert, y comprendo que tiene razón. He sido una tonta. No me daba cuenta de la suerte que tengo.

# 25

## ¿Celebración o desastre?

El señor Daniels lleva una corbata con un estampado de pequeños trofeos. Además, sonríe como un bobo. Su sonrisa es aún más boba de lo normal.

—¡Muy bien, queridos Fantásticos! Hoy uno de ustedes es aún más fantástico que de costumbre, por increíble que parezca. Así que vamos a celebrar un gran acontecimiento. Verán, el otro día, cuando escribieron los poemas sobre la naturaleza que les pedí, estaban participando sin saberlo en —abre los brazos y levanta la voz— ¡el primer concurso anual de poesía fantástica!

Vaya, genial. Otro motivo para que Shay se dé importancia. Le echo un vistazo a Albert. Espero que gane él. Y él también lo espera. Lo noto por cómo arrastra la silla hacia atrás, como si se preparara para levantarse. Me parece que Suki también tiene posibilidades.

—Bueno —empieza el señor Daniels—, este poema es una sorpresa maravillosa. Una obra estupenda. Y me hace muy feliz entregar el primer premio de poesía fantástica a…

Miro a Shay de reojo. Si gana, vamos a tener concurso para rato.

Ella hace algo muy raro. Primero muestra sorpresa, pero enseguida pone cara de asco.

Casi brinco de mi asiento cuando noto la mano del señor Daniels en mi hombro.

—Felicidades, Ally —dice el señor Daniels.

No es posible. El Día de los Inocentes ya ha pasado. Miro a Albert y a Keisha. ¿Habrán firmado sus poemas con mi nombre?

El señor Daniels da un paso atrás y añade:

—Vamos. Ven a recoger el premio.

¿Premio? Trago saliva con esfuerzo.

El señor Daniels está delante del pizarrón pidiéndome mediante gestos que me acerque.

—Vamos, ¿qué esperas?

Me levanto y camino hacia él como si me fuera a tragar la tierra. Me doy la vuelta hacia la clase y él me pone la mano en el hombro.

En la otra sostiene mi poema. Me fijo muy bien para asegurarme de que de verdad sea el mío. Lo es. A lo mejor tuve un buen día. O sea, ya era hora de que tuviera un buen día para variar, ¿no?

Estoy eufórica. ¿De verdad he ganado un premio? Hasta ahora, algo así sólo habría podido suceder en mi Cuaderno de Cosas Imposibles.

Yo.

—Así que Ally ha ganado el premio del primer concurso de poesía con su obra titulada *Lluvia, lluvia* —se vuelve hacia mí—. ¿Quieres leer tú el poema o lo hago yo?

El papel se me arruga en la mano.

—Lo haré yo —digo, contenta de haberlo memorizado.

Lluvia, lluvia, que vas cayendo
cada vez más abajo hasta llegar al suelo.
Los pájaros se refugian entre las hojas
porque en lo alto de los árboles no se mojan.

No es muy largo, pero tardé muchísimo en escribirlo. Valió la pena.

Se hace un silencio hasta que el señor Daniels gesticula pidiendo un aplauso. Albert y Keisha son los que aplauden con más ganas. El señor Daniels vuelve a hacer gestos y el aplauso se anima. Oliver da palmadas en el pupitre hasta que el señor Daniels se toca la oreja para pedirle que se tranquilice.

Mirando a mis compañeros, recuerdo algunos de los poemas que estaban escribiendo los demás. Unas poesías preciosas.

Y entonces comprendo de qué va todo esto. Ya lo entiendo.

El señor Daniels me tiende un diploma escrito con elegante caligrafía y decorado con volutas en las esquinas. También me ofrece un vale para canjear por un helado en la cafetería, y pienso en lo contento que se pondría Albert si se lo cediera.

Y, a pesar de todo, no puedo alargar la mano para tomarlo. Lo miro a la cara. Él sonríe y me guiña un ojo. Vuelvo la vista hacia mis compañeros, que han dejado de aplaudir. Shay aprieta los labios con fuerza. Muchos se miran entre sí con expresiones de complicidad. Todos lo saben, pero creen que no me doy cuenta.

Esto no es un premio por un poema.

Es un premio por compasión.

Miro al señor Daniels, quien asiente con gravedad, como si me dijera: «Adelante. Tómalo. Nadie sabe nada».

Ganar un premio por no ser lo bastante lista para merecerlo es lo peor que me ha pasado en la vida. ¿Qué creen? ¿Que por haber conseguido este diploma voy a felicitarme a mí misma y a convertirme en otra persona por arte de magia? Juro que nunca aceptaré un premio que no merezco.

Jamás en la vida.

Keisha me llama cuando salgo corriendo del aula.

# 26

## Encerrada en el baño

Corro a los baños y me escondo tras la última puerta. Me quedo de pie, con la espalda contra la pared. Avergonzada, humillada y decidida a no salir nunca.

La puerta del baño se abre y oigo entrar a alguien.

—¿Estás bien? —me pregunta Keisha.

—No, no estoy bien.

—Has ganado un premio. Debes de ser la única persona del mundo que sale corriendo cuando le entregan un diploma. Pensaba que te alegrarías.

—Pues no. No he ganado de verdad.

—Pero ¿qué dices? —se extraña—. Pues claro que sí. Yo estaba allí.

—No. Créeme. Él sólo… quiere portarse bien conmigo.

—¿Por qué no sales de ahí?

—Tú no lo entiendes. Vete.

—Tienes razón, Ally. No lo entiendo. No entiendo que te enfades por haber ganado un premio.

No estoy enfadada, sino algo mucho peor.

—Mira —le digo—, cuando andas en bici, sabes que te van a sostener, ¿verdad? Sabes que no se va a hacer pedazos mientras pedaleas.

—Claro. ¿Y?

—Pues imagínate que cada vez que fueras a andar en bici estuvieras sufriendo por si se salen las ruedas. Y que cada vez que empezaras a pedalear, lo hicieran, pero tuvieras que montar de todas formas. Y que todas las veces hubiera gente mirando cómo la bici se desarma debajo de ti. Y que todos pensaran que la culpa la tienes tú, porque eres la peor ciclista del mundo.

—Pero ¿a qué viene toda esa historia de bicis y ruedas que se salen?

—Mi cerebro —contesto, y apoyo la frente en las baldosas frías—. Mi cerebro nunca hace lo que le digo.

—Vamos. Tu cerebro funciona perfectamente. Tienes faltas de ortografía. ¿Y qué? A tu cerebro no le pasa nada.

—Tú no entiendes lo que es sentirse distinta de todo el mundo.

—¿Cómo? ¿No te has dado cuenta de que mi aspecto es muy distinto al del resto de la clase?

—No es lo mismo.

—Mira, eres mi amiga. La mejor que tengo en esta escuela. Si quieres decir cosas así y hacer que me cueste mucho ser tu amiga, pues… bueno, esperaré a que entres en razón.

Oh.

—Dices tonterías cuando afirmas que yo no entiendo lo que significa ser distinta. El caso es que… Sólo soy distinta para las personas con prejuicios. Y a mí me da igual lo que piense la gente así.

Suelto una risita.

—Albert dice que el problema es que a los blancos nos falta melanina. Dice que esa sustancia es la que oscurece la piel de los seres humanos.

—Ya, bueno, Albert está loco como una cabra, pero es un tipo listo —parece contenta—. Ahora sal.

Sigo apoyada en la pared un minuto más, porque me costará menos soltar lo que estoy a punto de confesar si no veo a nadie. Las palabras proceden de un lugar tan enterrado de mi interior que tengo la sensación de que salen de la tierra.

—Es que… Es que yo sólo quiero tener la sensación de que encajo por una vez. En serio. Quiero ser igual que todo el mundo.

Keisha guarda silencio un rato.

—Mira. Tú no encajas. Yo no encajo. Albert tampoco encaja. ¿Y quién decide qué personas encajan y cuáles no? ¿La gente como Shay? Esa niña es un mal bicho. ¿Qué más te da lo que piense?

La puerta sigue cerrada, pero sonrío al imaginar la expresión de Keisha. Tengo suerte de que sea mi amiga.

—Vamos, Ally. ¿Por qué te importa tanto que te acepten personas como Shay y esas amigas tan horribles que tiene? Yo espero que nunca encajemos entre personas así —Keisha vuelve a reírse—. Una cosa está clara. No vamos a encajar, pero sí vamos a sobresalir. Los tres. Espera y verás. Tú serás una artista famosa y Albert encontrará una vacuna contra el cáncer o inventará un pez parlante o algo así.

—¿Un pez parlante? ¿Y qué diría? ¿«Por favor, no me frías»? —abro la puerta y veo su cara tal como la imaginaba—. Y tú abrirás una superpastelería, ¿no?

—A lo mejor en mis ratos libres. También pienso gobernar el mundo.

Me echo a reír. Luego trago saliva con esfuerzo.

—Gracias por ser mi amiga, Keisha.

—No me des las gracias por eso. Dame las gracias por esto otro: le voy a decir a Shay que tiene una mancha en la espalda del saco de montar para que nos matemos de risa mientras la busca. Y luego nos comeremos ese helado que has ganado.

# 27

# Vaya pastel

Keisha nos invita a Albert y a mí a su casa. Tiene una «sorpresa» para nosotros. Cuando llego yo, Albert ya está allí y Keisha lleva puesto un gorro de pastelero y un delantal.

—¿Cuándo comemos? —pregunta Albert.

—Aquí nadie come sin pagar, Albert. Primero tenemos que cocinar —dice Keisha, y deja un libro de cocina encima de la mesa.

Albert parece decepcionado.

—Al final comerás, no te preocupes. Mientras tanto, puedes considerar esto un experimento científico. Así harás dos de tus cosas favoritas en una, Albert.

Yo estoy supercontenta hasta que Keisha abre el libro de cocina y lo empuja hacia mí.

—Te nombro encargada.

—¿De qué?

—¡De la receta! ¿De qué va a ser?

¿Qué? ¿Está hablando en serio?

—Y, Albert, tú puedes ocuparte de extender la masa. Hoy voy a probar con masa de galletas para comprobar si se cuece al mismo ritmo que la del pastel.

Eso de estar a cargo del libro me agobia muchísimo. Preferiría que me encargaran enseñar a un equipo de gatos a jugar hockey.

Ya me lo estoy imaginando. Cuando me echo a reír, Keisha me pregunta qué me hace tanta gracia. Me encojo de hombros y aparto de mi cabeza la imagen de un gato portero con patines y máscara.

—¿Ally? —Keisha me da un golpecito.

—¿Sí?

—Te he preguntado qué es lo primero que necesitamos.

Albert se planta a mi lado.

—Yo prefiero ocuparme del libro. ¿Quieres que cambiemos, Ally? Tú puedes extender la masa.

—Claro, Albert. Si lo prefieres, por mí no hay problema.

Albert empieza a leer los ingredientes mientras yo extiendo la masa de las galletas. Es muy viscosa y el rodillo se pega. Keisha me señala un paquete de harina.

—Mira, espolvoréalo con eso.

Por fin consigo extender la masa, pero tengo serias dudas respecto a todo esto. Miro los moldes de galleta con forma de letras.

—¿Qué quieres que escriba?

—Bueno, esas letras son muy grandes, así que sólo caben tres en cada magdalena. Escribe lo que quieras.

Escribo «res» porque es la única palabra de tres letras que se me ocurre. Luego las metemos en el fondo de los moldes de magdalenas y las cubrimos con masa.

Cuando Keisha mete la primera charola en el horno, Albert pregunta:

—¿Puedo tomar un vaso de leche?

Keisha se encoge de hombros.

—Claro —saca un vaso y lo llena.

Albert se lo bebe de un trago y pregunta:

—¿Puedo tomar otro? Últimamente en casa sólo bebemos agua y la echo de menos.

Ella le da la botella.

—Sírvete.

Albert se sienta con la botella en la mano y la rodea con el brazo, como si la protegiera.

Me echo a reír.

—No la vas a recuperar, Keisha. Lo sabes, ¿no?

—Tengo una pregunta —dice Albert después de relamerse la leche de los labios—: si escribes «res» dentro de una magdalena, ¿los vegetarianos se la pueden comer?

—Amigo —replica Keisha—, te lo tomas todo al pie de la letra, ¿eh?

—¡Eh! —me vuelvo hacia el horno—. ¿Es normal que salga tanto humo?

Keisha se enfunda un guante de cocina. Cuando abre la puerta del horno, el humo se extiende por toda la habitación. La pasta de las magdalenas ha rebasado el borde de los recipientes y ha caído al fondo de éste. Qué desastre.

Ella gime.

—¡Oh, no!

—Espera a que el horno se enfríe para limpiarlo —le aconseja Albert.

Keisha se vuelve hacia él.

—Ya. Gracias, Albert.

—De nada —responde él, y ella pone los ojos en blanco.

La pobre se ha quedado muy decepcionada al descubrir que no puede usar masa de galletas para hacer letras. Albert y ella deducen que la pasta se expande más deprisa de lo que habíamos calculado, lo que ha causado el desastre.

Yo, en cambio, pienso que, cada vez que escribo algo, provoco un desastre.

# 28

# El negocio del siglo

—¿Ally?

El señor Daniels me llama cuando estoy recogiendo mis cosas para salir a almorzar.

—¿Sí? —pregunto, mientras me acerco a su mesa.

—Mira, he estado pensando mucho en algunas de las respuestas que das en clase. Me encanta cuando compartes tus opiniones.

—Gracias —respondo. ¿Por qué me ha hecho venir en realidad?

—Y también me encantaron tus ideas sobre R. Nava Iv. Te oí preguntarle a Suki por su abuelo y compararlo con el tuyo. Bueno, Ally... Me tienes impresionado.

Me encojo de hombros. ¿Qué quiere que le diga? ¿Que está loco si de verdad cree que tengo algo en la cabeza aparte de un cubo lleno de saltamontes?

—En serio. Posees grandes capacidades. Y tu explicación acerca de la diferencia entre «solo» y «aislado»... Demostraste una gran inteligencia.

Lo miro un momento, pero, cuando por fin contesto, estoy pendiente de mis zapatos.

—Sólo porque conozco bien esas dos palabras, «sola» y «aislada», nada más. Fue un triste golpe de suerte.

Se ríe.

—Conque un triste golpe de suerte, ¿eh?

Asiento.

—Ya veo.

Sí, claro.

—Ally, ¿cuántos niños de tu edad emplearían una frase como «un triste golpe de suerte»?

Me siento como un pez encerrado en una jaula y no en un acuario.

—¿Puedo irme a almorzar?

—Aún no. He estado pensando. ¿Alguna vez quieres decir una palabra pero te sale otra?

—Pues… Sí, supongo que sí.

—¿Y te duele la cabeza cuando lees?

Asiento, cada vez más nerviosa.

—Cuando miras las letras, ¿tienes la sensación de que se mueven?

No entiendo nada.

—Pues claro.

—¿Se mueven? —me mira con sorpresa.

Asiento, pero no sé si estoy haciendo bien.

Me mira con atención, sin decir nada, y yo creo saber cómo se sienten las magdalenas de Keisha cuando ella observa cómo se cuecen en el horno.

—Una pregunta más —añade.

Cambio el peso de mi cuerpo de una pierna a la otra.

—¿Conoces el juego del ajedrez?

—¡Sí! —exclamo, ahora más contenta—. Lo conozco por

*A través del espejo*, la segunda parte de *Alicia en el país de las maravillas*. Mi abuelo me lo leyó sepetecientas mil veces. Se juega con un tablero de cuadros, con piezas que representan a los personajes de un castillo, ¿verdad?

Su expresión se anima.

—Sí. Ese mismo. ¿Sabes jugar?

Meneo la cabeza para decir que no.

—¿Quieres aprender?

—No sé.

—Bueno —dice. Se echa hacia adelante y apoya los codos en las rodillas—. Creo que te gustará. Podría enseñarte a jugar después de clases. Si tú quieres, claro.

—¿Y tendré que quedarme más rato en la escuela?

Lo medita durante un segundo.

—Bueno, me estaba planteando crear un club de ajedrez. He pensado que podrías ser el primer miembro. Te enseñaría lo más básico y, si la cosa funciona, podríamos proponerles a otros niños que se unieran. Sería divertido. Algo distinto.

A ver, no me chupo el dedo. Sé que está tramando algo. Los maestros no se ofrecen a quedarse después de las clases para jugar con los alumnos. Me apetece decirle que sí, porque el señor Daniels es amable y no creo que sea necesario leer nada para jugar ajedrez. Y a mi abuelo le habría gustado saber que estoy aprendiendo. Por otro lado, me da miedo.

—Mejor no. Pero gracias de todas formas.

Parece decepcionado. Doy media vuelta para marcharme.

—¿Y si te perdonara la tarea a cambio de que me dejes enseñarte?

Me paro en seco, como si tuviera los pies atados a un bloque de una tonelada. ¿He oído bien? Me giro hacia él.

—¿Dónde está la trampa? —le pregunto.

—No hay trampa. Si te quedas después de clases unos cuantos días para aprender a jugar ajedrez, tendrás mi permiso para saltarte la tarea durante todo ese tiempo.

—¿Y no tendré que escribir una composición ni nada?

—Nada de composiciones. Te lo prometo.

—¿Me quedo aquí, juego una partida y me libro de la tarea? ¿Sin trucos?

—Sí, pero no se lo puedes decir a tus compañeros. Llamaré a tu madre para comentárselo, eso sí —me tiende la mano—. ¿Trato hecho?

—Sí. Está bien.

No puedo rechazar ese trato. La tarea sólo está un grado por encima de la muerte.

Me hace tanta ilusión haberme librado de trabajar en casa que lo iré recordando para ponerme de buen humor cada vez que lo piense.

Aunque, lo que de verdad me alucina es saber que, para haber formulado ese plan, el señor Daniels tiene que haber pensado en mí fuera de horas de clase, cuando no debería estar pensando en mí. Apostaría cualquier cosa a que los demás maestros nunca me han llevado en la cabeza ni un minuto más de lo necesario.

# 29

# El pez en el árbol

Albert, Keisha y yo bajamos del autobús. Hemos ido de excursión con el resto del grupo a la casa de Noah Webster, conocido como el padre de la educación estadounidense. Como no voy a tener que escribir, hoy podría ser un día de dólar de plata.

Albert se dedica a recoger bellotas del suelo para metérselas en el bolsillo. Me dan ganas de preguntarle por qué, pero no lo hago por si la explicación dura una hora.

Oliver también recoge bellotas, pero las tira contra los árboles. Max apunta y acierta todas las veces. Oliver no tanto. El señor Daniels se acerca a ellos y les pide que dejen de hacerlo.

Yo también recojo una bellota, que me recuerda a un francés con la barbilla puntiaguda. La capucha de la bellota tiene la forma exacta de una boina. La bautizo con el nombre de Pierre y me la guardo en el bolsillo. Más tarde dibujaré el personaje. Puede que bailando con una mujer junto a la Torre Eiffel. Mi abuelo siempre decía que me llevaría a verla.

Cuando nos ponemos en fila para entrar, Albert tiene los bolsillos llenos de bultos. Shay pone los ojos en blanco y se echa a reír. Cuando el señor Daniels la mira, deja de hacerlo al ins-

tante, como si le hubieran oprimido un interruptor. En cuanto
el señor Daniels desvía la vista, sigue burlándose de Albert.

—No te rías de él —la regaño.

—De acuerdo —dice—. Pues me reiré de ti.

—Me da igual que te rías de mí.

Albert nos mira como si no supiera qué hacer.

—Albert —le susurro—, ¿por qué no les dices que salten
a un lago o al menos que te dejen en paz?

—Albert —Keisha se dirige a él con su tono de «será mejor que me escuches»—, esconder la cabeza y quedarse callado
no es la mejor manera de ir por el mundo.

Albert se inclina para tomar más bellotas. Nos mira sin
levantarse.

—No tiene lógica —observa—. Si lo hiciera, sabrían que
me molesta.

—Pero ¿te molesta? —le pregunto.

Se incorpora.

—Bueno, a nadie le gusta que lo insulten. Pero digamos que
Shay es una gota de agua en el océano comparada con las
preocupaciones que tengo ahora mismo.

—¿Qué preocupaciones?

—Estas bellotas —dice, enseñándonos una—. ¿Ven la mancha verde que tienen a un lado? Parece musgo, pero me preocupa que en realidad sea un hongo. En ese caso, todos estos
árboles estarían en peligro. He recogido muestras para inves-
tigarlas cuando llegue a casa.

Me inclino para mirar la bellota. Me gusta que Albert esté
pendiente de todo y que se fije en cosas que nadie más ve, pero preferiría que se preocupara por sí mismo tanto como lo
hace por la ciencia.

El señor Daniels nos divide en grupos. «Por favor —pienso—, que me toque con él o con Keisha y Albert.» Parte de mi deseo se hace realidad y me incluye en el mismo equipo que Albert. El señor Daniels acompañará a un montón de chicos, entre ellos Oliver y Max.

Nos sueltan el rollo de siempre. Que nos portemos bien, que las cosas son muy antiguas y que no toquemos nada. Nos separamos y subimos a un dormitorio que hay en el primer piso.

—A ver —dice la guía mientras se arregla la papalina, que es una especie de gorrito que se ata en la barbilla—, ¿alguien sabe de dónde procede la expresión inglesa «que duermas bien sujeto» para desearle a alguien felices sueños?

Albert levanta la mano y la mujer, sonriendo, lo señala.

—Los colchones se colocaban sobre cuerdas para mantenerlos alejados del suelo y de las chinches. Cuando el colchón empezaba a deformarse, apretaban las cuerdas con la intención de que el colchón fuera más cómodo. De ahí el dicho «que duermas bien sujeto y que no te piquen las chinches».

—Bueno, si alguien puede saber algo de chinches, es él —susurra Shay.

En la cocina de la planta baja hay una chimenea tan grande que te podrías poner de pie en la hoguera. La mujer nos dice que las niñas, a diferencia de los niños, no solían ir a la escuela. Normalmente se quedaban en casa para aprender las tareas domésticas. Retengo esa frase y ya no puedo dejar de pensar en ella.

Decirle adiós a la escuela.

Para siempre.

Me inclino hacia Albert.

—¿Crees que es posible viajar en el tiempo?

Susurra:

—Albert Einstein elaboró teorías muy exhaustivas sobre esa posibilidad. Y no seré yo quien las discuta.

—Yo tampoco —le digo—. ¿Qué tal me vería con un vestido y una cofia como ésos?

Me mira, perplejo.

Por fin nos dirigimos a una escuela colonial, donde nos reunimos con el resto del grupo.

Una mujer nos cuenta que Noah Webster fue un gran «visionario», que creó los primeros diccionarios y libros de ortografía de Estados Unidos. Hasta entonces, la gente escribía como quería; no existían las faltas de ortografía.

Vaya visionario. Él tiene la culpa de todo ese rollo de la ortografía y sólo porque se le metió en la cabeza que todo el mundo tenía que escribir del mismo modo.

Estoy pensando que Noah Webster fue un canalla y que deberían haberlo metido en la cárcel.

La mujer nos dice que tardó veinte años en redactar el diccionario y que también escribió los primeros libros de texto y gramática. Yo creo que debía de faltarle un tornillo, como decía mi abuelo.

—Los estudiantes de la época colonial no utilizaban papel y pluma como ahora —la guía nos enseña una pizarrita con el marco de madera—. Usaban pizarrones como éstos y escribían las respuestas para enseñárselas al maestro.

Nos pasa los pizarrones, que son muy divertidos. Yo dibujo a Pierre con su boina. Ojalá tuviera un gis verde para añadirle una manchita en honor a Albert.

Ahora nos enseña un gorro blanco acabado en punta.

—Verán. Los maestros empezaron a usar esto en las escuelas hacia el final de la vida de Noah Webster. Se llama «capirote». Cuando un niño se portaba mal, se lo ponían y lo castigaban en un rincón de cara a la pared.

Oigo risitas. Shay les está enseñando su pizarrón a otros niños.

Ha dibujado una cara que lleva un capirote. Debajo ha escrito: «Ally».

—¿Qué pasa aquí? —pregunta la guía mientras se acerca a Shay—. Eso no tiene gracia. Bórralo, por favor.

Yo me levanto, esforzándome por contener las lágrimas. Sé que sólo servirán para que sigan burlándose de mí.

—¿Todo bien? —me pregunta la guía.

Mis compañeros me miran en silencio. Me siento aún peor que si se rieran. Así que me echo a correr.

Salgo del aula y del museo. Una mujer me llama, pero yo no le hago caso. Cruzo la puerta y corro a la parte trasera de la casa. En el césped que rodea un precioso invernadero, encuentro unos columpios, que me recuerdan a mi abuelo y a las horas que pasaba columpiándome en el parque. Trato de imaginar qué diría ahora mismo y me entristezco cuando me doy cuenta de que me cuesta acordarme del tono exacto de su voz.

Sentada en el columpio, deslizo las manos por las cadenas, recordando cómo era de pequeña, cuando el mundo no me parecía un lugar tan agobiante. Me columpiaba con todas mis fuerzas. Me echaba hacia atrás y buscaba el cielo azul con los pies, y entonces me sentía capaz de cualquier cosa, de llegar a donde quisiera.

Apoyo la mejilla en la fría cadena, con la sensación de que ya no puedo llegar a ninguna parte. Y me echo a llorar.

Y allí, delante de mí, veo unos pies. Los zapatos que los calzan pertenecen al señor Daniels.

Se queda plantado un rato, sin decir nada, hasta que por fin pronuncia mi nombre. La única respuesta que puedo darle es un sollozo.

—¿Me quieres contar lo que ha pasado ahí dentro?

No sé qué decir. Es una pregunta simple, pero la respuesta me supera.

—Por favor, déjeme sola.

Retrocede dos pasos y se hace un silencio. Luego dice:

—A mi hermano y a mí nos encantaba escribir en la arena de la playa. Cuando íbamos a Maine con la familia.

No le contesto.

Busca un palo y escribe algo en la tierra, debajo del segundo columpio. Más palabras. ¿Por qué no puedo librarme de ellas?

Se vuelve hacia mí y yo le miro las rodillas.

—Ally —dice, y me tiende el palo—, ¿quieres escribir algo?

Yo sacudo la cabeza para decir que no. Me imagino que vuelo por el cielo azul sentada en un columpio, lejos de palabras como «tonta», «friki» y «anormal».

Él se acuclilla delante de mí.

—Lamento lo que sea que te haya disgustado. Déjame ayudarte.

Respiro hondo y, cuando suelto el aire, las palabras salen solas.

—Nadie podrá ayudarme nunca. Jamás en la vida. Dicen que debería llevar un capirote y tienen razón. Eso es lo malo. ¡Tienen razón!

—Ay, Dios… Ally, lo piensas de verdad, ¿no?

Noto, por su tono de voz, que está sorprendido.

Lo miro por fin.

—¿Y por qué no iba a pensarlo?

—Porque no eres tonta, ni mucho menos, Ally.

—Eso dice usted.

—No, no lo digo yo. Para empezar, se te dan de maravilla los problemas de matemáticas, los del conductor de autobús. Eres de los pocos alumnos que resuelve hasta los más difíciles.

Levanto la vista hacia su cara, hacia el sol que brilla a su espalda, y le suelto:

—Y entonces ¿cómo es posible que no sepa leer?

Es la primera vez que formulo la pregunta en voz alta. Debe de ser porque necesito una respuesta desesperadamente.

—Ay, Ally —dice—. Eso que te crea tantas dificultades en la escuela… Creo que es algo llamado «dislexia». Y significa que, aunque te cueste leer, no eres tonta ni mucho menos —suelta una risita—. En realidad, Ally Nickerson, eres una chica muy lista. Lo que pasa es que tu cerebro piensa de manera distinta a los de las otras personas.

Soy distinta; en eso tiene razón. Pero no soy tan lista como él dice, para nada.

—Usted no lo entiende.

—Sí, Ally, creo que sí lo entiendo —se inclina hacia mí—. ¿Y sabes qué? Eres muy valiente.

También me gustaría ser valiente, pero no lo soy.

—Vas a la escuela cada día, aunque sabes lo que te espera allí. Aunque sabes que será duro. Y que los demás niños van a molestarte. Y, a pesar de todo, sigues asistiendo a diario, decidida a intentarlo una vez más.

Guardo silencio, pensando en lo que acaba de decir. Con la esperanza de que sepa de lo que habla.

—¿Y quieres saber otra cosa? En algunos aspectos eres mucho más inteligente que los otros niños. Y sabes hacer cosas que ellos no pueden hacer. Para empezar, eres toda una artista. ¡Esos dibujos tuyos! Vaya, Ally. Tienes mucho talento. ¿Qué piensas tú?

—Pienso que es como decirle a alguien: «Siento mucho que te vayas a morir, pero al menos te llevarán flores».

Ahora se ríe a carcajadas.

—¿Lo ves? En serio, Ally, sólo las personas inteligentes dicen cosas así —baja la voz—. Todo irá bien, pequeña.

Nunca en mi vida he deseado tanto que alguien tuviera razón.

—Tú y yo solucionaremos esto, juntos. De hecho, ya he hablado con la señora Silver y con la señorita Kessler, la maestra de apoyo. Tenía pensado también llamar a tu madre y hablar contigo mañana. Vamos a hacerte unas pruebas.

Me desanimo de golpe.

—No. Por favor, pruebas, no.

—No me refiero a exámenes. Ya verás. Estas pruebas consisten más en acertijos y juegos que en preguntas, pero los resultados nos ayudarán a echarte una mano.

Me siento como si, por primera vez, pudiera levantar la vista.

—Eres inteligente, Ally. Y vas a aprender a leer.

Un escalofrío me recorre todo el cuerpo. No tengo más remedio que creerle, porque no puedo pasar ni un día más pensando que las cosas van a seguir así para siempre.

Me seco las lágrimas de la cara con el dorso de la mano. Él se levanta y empezamos a caminar.

El señor Daniels mira el cielo, azul intenso, y dice:

—Vamos, no seas tan dura contigo misma, ¿ok? ¿Sabes lo que dijo una persona muy sabia una vez? «Todos somos genios, cada uno a su manera. Pero si juzgas a un pez por su habilidad para trepar a un árbol, vivirá toda la vida pensando que es estúpido.»

Medito la frase. ¿Será tan sencillo?

Empiezo a imaginar la película de un pez muy enfadado que, al pie de un árbol, golpea el tronco con las aletas y se queja de que no puede subir.

Pienso en una tortuga preparando un bocadillo.

En una serpiente tocando el violín.

En un elefante tejiendo.

En pingüinos jugando basquetbol.

En un águila buceando.

Por encima de todo, espero con todo mi ser que el señor Daniels tenga razón en lo que me ha dicho.

## 30

# El rey desgraciado

Dos días después, una tal señorita Kessler me saca de clase a primera hora para hacerme unas pruebas. El señor Daniels tenía razón. Parecen más rompecabezas y juegos que esos horribles exámenes tipo test en los que me dedico a rellenar círculos al azar, sin leer las preguntas ni nada. La señorita Kessler es muy simpática, como el señor Daniels.

Después de las clases, el señor Daniels prepara un tablero de ajedrez con sus piezas en la mesa de lectura.

Me acerco y él levanta la vista.

—¿Te dijo tu madre que había llamado?

—Sí, pero no dijo gran cosa. Normalmente se enrolla como una persiana.

Se echa a reír.

—Así son las madres —señala la silla—. Siéntate.

Aparto la silla mientras me pregunto de qué va todo esto.

—Ok —empieza, y se afloja la corbata como si se preparara para una tarea muy importante—. El ajedrez se basa en la planificación. No es como otros juegos, que consisten en capturar la pieza más poderosa —señala una ficha que lleva una cruz en lo alto—. Éste es el rey. El objetivo del juego es atrapar al rey de tu adversario, aunque no llegas a matarlo. Cuando colocas una pieza en una casilla que te permite amenazar al rey, dices «jaque». Y cuando dejas al rey acorralado, sin ningún sitio adonde ir, dices «jaque mate». Eso significa que has ganado.

Normalmente, me pondría nerviosa y la mente se me quedaría en blanco, pero él me transmite tranquilidad. Su voz me relaja. Puede que sea porque sé que nunca se burlará de mí. No me va a llamar «tonta» ni «floja». Y sé que tampoco lo piensa.

—¿De momento lo entiendes?

Asiento.

—Muy bien, pues. ¿Cómo vas a matar a mi rey?

Vacilo. ¿Lo habré entendido mal?

—Pero ¿no has dicho que no lo matas? ¿Que lo haces desgraciado y ya está?

Se ríe.

—Sí, eso he dicho. Muy bien, Ally. Veo que has prestado atención.

Me explica los movimientos de cada pieza. La reina es la más poderosa y puede desplazarse en cualquier dirección, pero siempre en línea recta. Hay ocho peones, que, juntos, pueden poner a tu rival en grandes aprietos. Muchos jugadores los desdeñan, dice el señor Daniels, pero cometen un error.

Las torres parecen castillos y se mueven hacia adelante, hacia atrás y de lado a lado por todo el tablero. Los alfiles se desplazan en diagonal, en línea recta, y los caballos saltan en forma de L. El rey sólo puede avanzar una casilla en cada turno, en cualquier dirección. Vaya asco, saber que van por ti y no poder ir a ninguna parte.

Ha hecho un esquema con dibujos de las piezas y flechas que indican los movimientos de cada una. Por si se me olvida. Coloco la hoja boca abajo, lo miro a los ojos y digo:

—No la necesito.

Él sonríe un poco, pero, sin apartar los ojos de mí, mueve un peón.

—Muy bien.

Cuando empiezo a mover las piezas sin ton ni son, me pregunta:

—¿Segura que quieres aprender?

La primera partida termina enseguida, pero en la segunda le mato la reina. La pieza más poderosa de todo el tablero. Me levanto tan deprisa que empujo la silla con las rodillas y la tiro. Quiero preguntarle si se ha dejado matar adrede, pero me da miedo su respuesta.

Levanta la mano y me choca los cinco.

—Bien hecho.

Y es rarísimo. No me cuesta nada jugar esto. Me gusta. Me divierte planear los movimientos que necesito para capturar sus piezas. Me enseña cómo colocar una ficha en una casilla que te permita amenazar a dos piezas. Eso se llama «horquilla». Me encanta la expresión de su cara cuando consigo hacerle una horquilla y capturo su alfil. Como si le molestara y le hiciera ilusión al mismo tiempo.

Cuanto más jugamos, mejor lo veo todo en mi cabeza. Imagino el aspecto que tendrá el tablero en dos movimientos. Aprendo a adivinar lo que él hará a continuación.

En mi mente, las piezas del ajedrez cobran vida. Se mueven de acá para allá por su propio pie y están contentísimas de no tener que quedarse ahí esperando a que alguien las tome y las mueva. Conozco el alivio que experimentan al ser capaces de hacer algo por sí mismas.

# 31

## Distintas rutas para llegar a casa

—Y bien, ¿te ha dicho tu madre que hemos hablado? —me pregunta el señor Daniels.

—Sí.

Respiro hondo y noto los latidos de mi corazón.

—Tengo que decirte una cosa.

Eso no suena bien.

—Necesito que me ayudes.

—¿Usted necesita mi ayuda?

—Sí. ¿Te acuerdas de las pruebas que te hizo la señorita Kessler?

—Sí.

—Bueno, pues por lo visto eres disléxica, algo que, como ya te dije, dificulta la lectura pero no significa que no seas inteligente. En realidad —añade sonriendo a medias, igual que Travis—, eres muy lista, Ally. Las pruebas lo demuestran.

Me revuelvo en la silla, nerviosa.

—Pero vas a necesitar un poco de ayuda para aprender, y te la vamos a buscar. Claro que la cosa se podría alargar un poco. A veces los trámites y las reuniones llevan su tiempo.

—Ok...

—¿Te acuerdas que te dije que podíamos jugar ajedrez los martes y los jueves? Bueno, pues es así porque me he inscrito en un posgrado de educación especial. Resumiendo, estoy aprendiendo cómo ayudar a niños como tú. Niños inteligentes pero que presentan diferencias de aprendizaje.

¿«Inteligentes»? ¿«Diferencias de aprendizaje»?

—Así que he hablado con la señora Silver y la señorita Kessler —se inclina hacia adelante—. Y con tu madre, claro. Y hemos pensado que podría echarte una mano un par de días a la semana después de las clases. Hasta que nos envíen un profesor oficial.

Abro la boca para hablar, pero él levanta las manos para interrumpirme.

—Ya lo sé. Quedarte a trabajar conmigo después de las clases te parece una tortura. Sin embargo, a mí me vendría muy bien que me echaras una mano con las investigaciones que estoy llevando a cabo para el posgrado. Me harías un favor enorme. Y te lo agradecería muchísimo —me mira con atención—. ¿Qué dices?

Trago saliva con esfuerzo. No soy tonta. Sé que yo no le voy a hacer un favor tan grande como él a mí. Y no me puedo ni imaginar qué he hecho para merecer esta ayuda. ¿Quedarme después de las clases? Dormiría en la escuela si sirviera para algo.

Asiento.

Y nos estrechamos la mano.

Y él parece entre atontado y contento.

Me revuelvo en la silla otra vez.

—¿Puedo preguntarle una cosa?

—¡Claro!

—¿Qué son las «diferencias de aprendizaje»?

—¡Ah! Ok… —se queda pensando—. Cuando vas en bici a casa, ¿puedes tomar más de una ruta?

—Sí.

—Eso pensé —dice—. Bueno, pues igual que existen distintos caminos para llegar a casa, hay rutas diferentes para que la información llegue al cerebro. Tienes cinco sentidos, ¿verdad? Vista, oído, olfato, gusto y tacto.

Asiento.

—Pues imagina que un extraterrestre aterriza con su nave espacial y tú tienes que explicarle lo que significa «congelado» sin recurrir al sentido del tacto. Supón que sólo pudieras usar palabras. Te costaría mucho, ¿no?

—Sí… Claro.

—Pues creo que a ti te cuesta aprender palabras usando únicamente el sentido de la vista. Vamos a practicar las letras y los sonidos incorporando más sentidos. Y quiero que te relajes. Nos vamos a divertir. No te pondré tarea en relación con esto. No tendrás que estudiar ni nada parecido, ¿ok?

Asiento.

—¿Te gustó jugar ajedrez?

Le digo que sí. Ojalá juguemos hoy.

—¿Sabes qué? Tengo la sensación de que se te da de maravilla. Creo que tu mente aprende a través de imágenes, lo que te ayuda a ser muy buena en el ajedrez. Hemos jugado varias veces ya y he observado que aprendes deprisa y mejoras a toda velocidad. Además, ¿eso de pensar en imágenes? —se inclina hacia mí—. Es una de las razones por las que tienes tanta facilidad para dibujar.

—Está bien —digo, y pienso que, de momento, todo eso suena bien. Mi única preocupación es que no funcione. Que, a pesar de todo, no aprenda a leer.

—Muy bien, pues —prosigue—. Vamos a practicar la escritura, pero no usaremos lápiz y papel —saca una enorme plancha de metal y me tiende un frasco de espuma de afeitar—. Utilizaremos esto. Al escribir en la espuma de afeitar, usarás la vista y el tacto, y dibujaremos las letras muy grandes para que utilices todo el brazo. Así las señales tendrán más caminos para llegar a ese increíble cerebro tuyo.

Sonrío.

—Ahora cubre esta enorme plancha de espuma y empecemos.

Mientras arrastro el dedo por la pegajosa espuma, pienso en las palabras «diferencias de aprendizaje». Y me inundan el miedo, la felicidad y las preguntas. Pero, por encima de todo, me inunda la esperanza.

# 32

## Cuota de pantalla

He tenido un buen día, y va a seguir siendo así. Cuando salgo de la escuela, mi madre y Travis me esperan en el coche.

—Vamos a pasar por casa de una amiga para hablar con tu padre por Skype —dice mi madre—. Lo extrañamos tanto que he pensado que nos vendría bien.


La pantalla parpadea al principio, pero luego lo veo ahí. Con su bronceado de campaña.

—¡Papi! —digo, incapaz de contenerme, como una niña pequeña.

—¡Bichito! ¡Cuánto has crecido! ¿Cómo estás, cariño mío?

—Muy bien, papi. ¿Y tú?

—Bien, pero con morriña. Los extraño muchísimo.

Me quedo pensando que la morriña significa la nostalgia del hogar, pero no hay ninguna palabra que signifique nuestra nostalgia de él.

Coloca algunos dibujos míos delante de la pantalla.

—Me encantan los dibujos que me enviaste. Los colgué por toda la litera. Los chicos se mueren de envidia —me guiña un ojo.

Noto que a mi madre se le saltan las lágrimas, pero se contiene. Dice que ser la esposa de un soldado te obliga a ser fuerte por él. No quiere que sepa lo dura que le resulta la vida sin su marido. Mi padre ya tiene bastantes preocupaciones. A veces me gustaría que mi madre se lo dijera. A lo mejor, si él lo supiera, volvería a casa.

—Qué bien, papi. Te extraño. Muchísimo.

—Yo también, cielo. Ya lo sabes, ¿verdad? ¿Qué tal va todo? ¿Más dólares de plata o más centavos falsos?

—Un poco de cada uno. Pero últimamente hay más monedas de plata. El nuevo profesor es súper bueno. Es… —ni siquiera puedo expresarlo en palabras—. Genial.

—¡Cuánto me alegro, cariño!

—Y tengo dos amigos: Keisha y Albert. A Keisha le gusta hacer pasteles y es muy valiente. ¡Te caerá bien, papi! Y Albert parece una computadora de lo listo que es. Aunque está un poco loco. Nos ha dicho que le encanta hacer exámenes estandarizados. Le parecen divertidos.

—¿Divertidos? ¿Los exámenes? Debe de ser un niño muy peculiar.

—Sí lo es. Y hay una niña en la escuela que la trae contra mí. Se llama Shay.

Voy acelerada, como si tuviera que contárselo todo en un momento.

—Bueno, en todas partes hay gente así. Seguro que sabes defenderte.

Mi madre me propina unos golpecitos en la espalda.

—Travis también quiere hablar, cielo.

—Ok.

E imagino una película en la que aparezco yo diciendo adiós y sin llorar, como una campeona, pero quiero atravesar esa pantalla y abrazar a mi padre. Me siento como si nos faltara una parte y tengo la sensación de que no estaremos completos hasta que vuelva a casa.

—Eh —dice mi padre—, acuérdate, bichito: te quiero. Tú, tu hermano y tu madre son lo que más quiero en el mundo.

Asiento.

Ahora le toca a Travis.

—¡Hola, hijo! ¿Cómo van tus grandes planes?

—No muy bien.

—¿Qué pasa?

—Nada —dice Travis.

—Vamos. A lo mejor te puedo ayudar.

Travis nos echa un vistazo a mi madre y a mí.

—Bueno, pues hay un encargado nuevo en el taller. El antiguo me daba mi espacio, pero éste no para de agobiarme. Siempre me está diciendo que siga las instrucciones de los manuales. Si hago algo, me pregunta en qué página lo he consultado. Sé arreglar un montón de coches distintos. No me hace falta mirarlo todo.

Mi padre respira despacio.

—Uf, sí que debe de ser difícil. ¿Has intentado hablar con él? ¿O pedirle que hable con el antiguo encargado?

—El antiguo jefe está de incapacidad. Lo operaron de la espalda y tardará un tiempo en volver —Travis menea la cabeza con tristeza—. Este encargado no me entiende —se le quiebra la voz.

Mi padre se echa hacia adelante con los codos apoyados en las rodillas. Ahora parece como si quisiera colarse por la pantalla.

—Encontrarás la manera de arreglarlo. Sé que lo harás. Además, todo eso es temporal. Tú trabaja duro y aprende todo lo que puedas.

Travis asiente, pero mira al suelo. Lo oigo murmurar:

—Hay cosas que no puedo aprender.

—Estoy orgulloso de ti, Trav. Lo sabes —carraspea—. Siento mucho no estar ahí contigo.

—Sí —Travis vuelve a mirar la pantalla—. Te quiero, papá.

—Yo también te quiero, hijo. Tú aguanta. Todo mejorará.

Travis asiente, aunque yo noto que no lo cree así. Luego se levanta.

—Anda, pequeñuela. Deja a mamá y a papá un rato a solas.

—¿Por qué?

Me empuja.

—Para que se puedan hacer arrumacos en privado, por eso.

Nos sentamos a la mesa de la cocina y la amiga de mi madre nos trae refrescos.

Travis abre su lata y respira profundo.

—¿Qué pasa?

—Me siento tan impotente, Al. Quiero hacer montones de cosas, pero…

Quiero ayudarlo.

—Podríamos pasar por alguna chatarrería como hacíamos antes para ver si encontramos algo que valga la pena arreglar.

—Podríamos. Me encantaría encontrar otra máquina vieja de Coca-Cola o algún tesoro en un granero de por ahí.

Comprarlo barato y repararlo —me mira—. Puedo transformar casi cualquier cosa en un montón de dinero.

Las palabras son las mismas, pero suenan tristes. No agita los dedos ni presume de ser un genio. Y nunca he visto a mi hermano mayor tan serio.

—Algún día existirá Reparaciones Nickerson, Travis. Lo sé. En parte será mío, por el nombre, ¿verdad?

Levanta la cabeza y se ríe, pero no es una risa de verdad. Pasa el resto del tiempo mirando por la ventana y yo me exprimo los sesos pensando qué puedo hacer.

Mi madre nos llama para que nos despidamos.

Mi padre apoya los dedos en la pantalla.

Los tres apoyamos los dedos también. Cuando la imagen parpadea antes de desaparecer, mi madre se inclina y deja un beso de labial en el monitor. Luego apoya la frente allí y se queda un rato en esa postura.

# 33

# Posibilidades

Trabajar con el señor Daniels me resulta cada vez más fácil, porque estoy súper contenta. Pero los ejercicios son muy complicados.

Ha escrito «pan» en el pizarrón y hablamos de los sonidos. Yo sólo oigo un sonido —pan—, pero él dice que la palabra «pan» tiene tres distintos. Me siento como si me dijera que el cielo es amarillo. Mientras pronuncio cada uno de los sonidos por separado, tengo que marcar el ritmo con los dedos. Creo que así me resulta más fácil. Me obliga a distinguirlos, aunque sean una misma palabra. Una palabra muy corta. ¿Cómo me las arreglaré para leer libros enteros? ¿Alguna vez seré capaz de hacerlo?

Cuando terminamos la sesión, se deja caer contra el respaldo de la silla, como haría Travis.

—Bueno, lo estás haciendo muy bien, Ally. De verdad que sí. ¿Cómo te sientes tú respecto a todo esto?

—La verdad es que estoy contenta con estas clases particulares, y nunca pensé que diría algo así.

Sonríe.

—Bien. Me alegro.

—Pero…

—¿Sí?

—Aún dudo de si alguna vez tendré la sensación de que…
Si alguna vez sabré leer como los demás niños y seré… normal… y no necesitaré toda esta ayuda. Me parece imposible.

Se pone muy serio. Luego saca una hoja de papel en blanco y retira la tapa del plumón con los dientes. Empieza a escribir.

## IMPOSIBLE

—¿Sabes lo que dice? Acuérdate de separarlo en partes más pequeñas. Es una palabra larga, difícil, ¿verdad?

Asiento y hago un intento.

—¿«Importante»?

—No, pero te has acercado mucho. He escrito «imposible». Lo que acabas de decir tú. Afirmas que te parece imposible llegar a leer como todo el mundo.

—Sí —respondo, y me pregunto por qué habrá tenido que escribir esa palabra. No necesito que me la recuerden.

Dibuja una línea roja entre la M y la P y me tiende el papel.

## IM/POSIBLE

—Quiero que rompas el papel por la mitad. Justo donde está la raya.

Lo hago.

—Ok, Ally, mira. Ese trozo de papel que tienes en la mano dice «posible». Ya no hay nada «imposible», ¿de acuerdo?

Trago saliva, miro la palabra y noto una pizca de vértigo. Su seguridad me hace pensar que podría ser verdad.

—Muy bien, ahora tira el papelito con la I y la M a la basura. Despídete de él para siempre.

Me acerco al basurero y lo tiro. Lo veo girar mientras cae. Levanto la vista y miro al señor Daniels a los ojos. Ojalá supiera cómo expresar lo mucho que le agradezco su ayuda. A veces todas las palabras del mundo no significan nada.

—Perfecto —asiente—. Ve a casa. Yo también tengo que hacer tarea o me dejarán sin recreo.

—Ok —me estoy riendo, pero sigo pensando en el mensaje del papel—. Gracias —digo, sin dejar de mirarlo.

—De nada —contesta, y saca un marcador de su maletín.

Recorro el pasillo con los ojos fijos en la palabra P-O-S-I-B-L-E. Observo el color rojo. Paso los dedos por las letras. Incluso huelo el papel, como para absorberla, de alguna manera.

Quiero creerla, con toda mi alma.

# 34

## El nacimiento de una estrella

Después de las clases, Keisha y yo caminamos con Albert a su casa. Le hemos preguntado si lo podíamos acompañar para ver dónde vive. Él se ha encogido de hombros y ha dicho:

—Está bien.

Camino con la mano en el bolsillo, sin soltar el trozo de papel. «Posible.»

La casa de Albert es grande, pero el interior está oscuro y polvoriento. Hay montones de cosas por todas partes. No me refiero a papeles, como en nuestra casa, sino a objetos con tubos y alambres. Cosas que no reconozco.

Sale su madre a saludarnos.

—¡Hola, Albert! ¿Has invitado a tus amigas?

Adivino, por su tono de voz, que es todo un acontecimiento.

—Sí. Ellas son mis amigas: Keisha Almond y Ally Nickerson. Ally, Keisha: ella es mi madre —dice mientras nos va señalando a cada una.

La madre de Albert se acerca y nos estrecha la mano.

—¿Les traigo algo de comer? —pregunta. Parece nerviosa.

Albert se queda callado un momento.

—No, gracias. Estaremos arriba.

Su madre asiente mientras Keisha y yo lo seguimos por unas escaleras estrechas y tortuosas.

—¿Dónde se ha visto —empieza a decir Keisha— que un anfitrión no ofrezca comida a sus invitados? ¡Qué pasa, Albert! Yo habría aceptado.

—No tiene lógica ofrecer algo que no existe.

—Pero si tu madre ha preguntado… —insiste Keisha.

Albert abre la mochila y empieza a amontonar los libros en el escritorio formando una pirámide.

—Te aseguro que el refrigerador está vacío. De hecho, lleva una semana desconectado.

—Oh —exclama Keisha, ahora con voz apagada—. Lo siento, Albert. De verdad que sí.

Entiendo por qué la voz de su madre sonaba rara cuando se ha ofrecido a traernos algo y por qué come tanto Albert en la escuela.

—Sí, yo también —digo.

Él se vuelve para mirarnos, sorprendido.

—¿Por qué?

Keisha hace pucheros. Es la expresión que siempre adopta cuando se desespera con él.

—Bueno —contesto yo—, porque en tu casa no hay comida. Ni refrigerador. Debe de ser horrible tener hambre y no poder comer nada. Y es probable que te sientas mal por ello. Puede. O sea, yo me sentiría mal. Creo.

Él inclina la cabeza a un lado.

—Llenar el refrigerador no figura dentro de los parámetros de mis responsabilidades. Así pues, la falta de comida no es un tema que suscite mi preocupación en absoluto.

Guardamos silencio. No sé Keisha, pero yo no podría responder a eso ni por un millón de dólares. A juzgar por la expresión de mi amiga, me parece que ella tampoco.

Por fin despego la mirada de la cara de Albert y echo un vistazo a la habitación.

Sólo hay una cama, un escritorio y un bote vacío. La alfombra y las cobijas son de un color verde oscuro, pero las paredes están decoradas con carteles alegres, todos relacionados con la ciencia. Veo uno que me llama la atención. Es una imagen del espacio, pero incluye un remolino de todos los colores imaginables con un fulgor anaranjado a un lado. Es precioso. Lo señalo.

—Albert, ¿qué es eso?

—Es el nacimiento de una estrella. El acontecimiento más importante que puede suceder en el espacio. Bueno, el más positivo, por lo menos.

—Qué bonito —digo.

Lo mira.

—Sí que lo es —asiente y se sienta en la silla del escritorio.

Keisha se ríe.

—Tú serás una estrella algún día, Albert. Harás algo increíble.

—No me gusta… —se revuelve incómodo en la silla—. No quiero estar en los titulares.

—¿En los titulares? —pregunto.

—No me gusta ser el centro de atención.

—Bueno, pues será mejor que te vayas acostumbrando, Albert —afirma Keisha—. Porque mientras el mundo sea mundo no hay ni la más mínima posibilidad de que te libres de ser una celebridad cuando cures el cáncer o descubras un nuevo planeta o algo así.

—Eso espero. Quiero cambiar el mundo. Hacer algo bueno.

Y entonces, de sopetón, me pongo muy triste mientras Keisha sigue hablando de lo famoso que será Albert algún día. De que su nombre aparecerá en los libros de historia y todo eso.

—Eh —dice Keisha, y me propina un codazo—. ¿A qué viene esa cara tan larga?

Estoy pensando en las cosas que harán Keisha y Albert algún día mientras que yo ni siquiera sé leer. Aunque no se lo puedo decir. Así que procuro animarme.

—A mi cara no le pasa nada.

—¡Ya lo creo! Estás súper seria. Vamos, ¿dónde está esa sonrisa?

—Estoy sonriendo —replico.

—Pues nadie lo diría viendo tu cara.

Vacilo.

—¿Les puedo contar un secreto? —pregunto, y me meto la mano en el bolsillo para tocar el papel con la palabra «posible» que llevo siempre conmigo desde el otro día.

—Claro.

—¿Y me prometen que no se lo dirán a nadie?

—Sí. Vamos, ¿cuál es ese secreto que no le contaremos a nadie porque en ese caso ya no sería un secreto?

Albert guarda silencio, pero me mira torciendo la cabeza a un lado.

—Yo… Nunca se lo he contado a nadie, pero tengo muchas dificultades para seguir las clases. Me cuesta mucho leer y escribir y… bueno, todo menos las matemáticas y las artes.

Keisha se echa a reír.

—¡Eso no es ningún secreto!

Y yo me siento fatal. Me empiezan a arder los ojos. Intento marcharme, pero ella me jala la manga para obligarme a volver. Albert parece triste.

—¡No! No quería decir eso. Me refiero a que ya lo sabemos, pero no nos importa.

—Sea como sea —interviene Albert—, me gustaría que te resultara más fácil. Y no contaremos tu secreto.

—El señor Daniels dice que me pasa algo llamado dislexia y que por eso me cuesta tanto leer. Me está ayudando después de clases.

Keisha pone los ojos como platos.

—¿Clases después de clases? Es horrible. O sea, horrible.

Me gustaría decirle que pasaría la noche en la escuela colgada de los pies en el armario de las escobas con tal de aprender a leer.

—No me importa. Es muy amable por ayudarme.

—Y nosotros también te ayudaremos —promete Albert.

—Pero me preocupa que no sirva para nada —continúo, y luego murmuro—: Tengo miedo de no ser nadie cuando crezca.

—Pero ¿qué dices? —se escandaliza Keisha.

—Bueno, tú tendrás una pastelería muy famosa y Albert… hará lo que sea que vaya a hacer. Yo me conformaría con leer la carta de un restaurante.

Keisha se acerca a mí y me rodea los hombros con el brazo.

—Has dicho que el señor Daniels te está ayudando, ¿no?

—Y has dicho —añade Albert, y se queda pensando— que cuando crezcas no serás nadie. Así pues, desde un punto de vista lógico, si nadie es perfecto… Bueno, entonces tú debes de ser perfecta.

—¿Perfecta? ¿Yo? Uf… No —le aseguro.

—Eres casi perfecta, Ally —replica Keisha, riendo—. Haz lo que dice el señor Daniels. Sé tú misma. Limítate a ser tú.

—¿Saben? —dice Albert—. Esa frase me trae de cabeza. Ni siquiera encuentro la respuesta en internet.

—¿Qué quieres decir? —le pregunto.

—«Sé tú mismo.» Todo el mundo lo dice.

—¿Y? —lo pincha Keisha.

—Bueno —empieza Albert—, ¿qué pasa si no sabes quién eres?

Entiendo a qué se refiere, creo.

—La gente te pregunta qué quieres ser de grande. Yo sé la clase de adulto que me gustaría ser, pero no tengo ni idea de quién soy ahora mismo —Albert estira las piernas—. Siempre hay gente dispuesta a decirte quién eres. Un nerd, un tonto o un maricón.

Pienso en lo difícil que resulta no hacer caso de los insultos.

—Mírenlo así —continúa él—. Si tuvieran que meterse en una alberca con una ballena asesina o con un pez piedra, ¿a cuál de los dos escogerían?

—Vaya pregunta. ¿Quién iba a escoger la ballena asesina?

—Bueno, pues resulta que, en libertad, las ballenas asesinas nunca atacan a las personas. O sea, nunca. El pez piedra es mucho más peligroso, con sus trece espinas venenosas. Nos guiamos por las palabras. Si la ballena asesina fuera conocida como la «ballena amistosa», nadie le temería.

Y pienso en las palabras. En su poder. Puedes agitarlas en el aire como una varita mágica; a veces para bien, como hace el señor Daniels. Él las usa para que niños como Oliver o como yo nos sintamos mejor con nosotros mismos. Y también se pueden usar para mal. Para hacer daño.

Mi abuelo siempre decía que hay que llevar con cuidado los huevos y las palabras, porque son irreparables. Cuanto más grande me hago, más cuenta me doy de lo listo que era mi abuelo.

# 35

## Una imagen vale más
## que sepetecientas mil palabras

Ha venido una suplente. Malas noticias.

Y la cosa empeora aún más. Nos pide que describamos a una persona valiente.

Empiezo a buscar excusas para librarme de la composición. ¿Y si le pido permiso para ir a la enfermería? Aún no he conocido a ningún suplente que no te deje ir a la enfermería cuando le dices que vas a vomitarle en los zapatos.

Pongo cara de sentirme mal. Justo cuando voy a hablar, la suplente levanta la vista.

—¿Quién es Ally Nickerson?

¿Eh? Qué raro.

Levanto la mano.

—Ah. Tengo una nota que dice que tú no tienes que escribir, que puedes dibujar un autorretrato.

Me arde la cara.

—Pero, bueno, qué injusto… —salta Shay—. Ally tiene permiso para hacer colorines. Y luego vendrán la plastilina y la siesta.

Doblo los dedos de los pies dentro de los tenis y me hago pequeñita en la silla. La suplente mira a Shay y menea la cabeza disgustada, pero los niños ya se están riendo, así que ¿de qué me sirve su gesto?

La maestra nueva reparte papel rayado entre todos los alumnos. A mí me entrega una hoja en blanco.

Miro la hoja, confundida. Preguntándome por qué habrá hecho algo así el señor Daniels. Traicionarme. Ahora sí tengo ganas de vomitar.

Me levanto y tengo que concentrarme muchísimo para poder caminar hasta la puerta.

—¿Adónde vas? —pregunta la suplente.

—Afuera.

—Vuelve aquí y haz el dibujo. Ahora. Lo digo en serio.

—He terminado.

—¿De qué hablas? La hoja está en blanco.

—No, no está en blanco. He dibujado un fantasma en una tormenta de nieve.

Cuando la puerta se cierra a mi espalda, oigo a los niños reírse de mi respuesta.


Poco después, estoy calentando la silla del despacho de la señora Silver.

—Y bien, señorita Nickerson, reconozco que estaba encantada de no verte por aquí últimamente. Las cosas habían mejorado desde la llegada del señor Daniels. ¿Te mantiene a raya?

—Sí. Es increíble —replico con tono cortante—. ¿Va a llamar a mi madre?

—No, me parece que no.

—Quiero que la llame. Por favor, llámela.

—¿Por qué?

—Por favor —le suplico. Ni siquiera sé muy bien por qué lo estoy pidiendo.

Parece sorprendida, pero guarda silencio. Marca el número y dice unas palabras. Le explica que he tenido un mal día. Luego me tiende el teléfono.

—Quiere hablar contigo.

Tomo el auricular.

—Ally, ¿qué diablos está pasando?

Intento no llorar, de verdad que sí, pero se me saltan las lágrimas. Noto un gran nudo por dentro y estoy harta de sentirme así. No me levanto todas las mañanas decidida a fracasar, no señor. Y pensaba que por fin había encontrado a alguien que me ayudaría. Y va el señor Daniels y me viene con ésta…

—¿Ally? ¿Me oyes?

—¿Mamá? —consigo articular por fin, pero con una voz suplicante, que contiene el deseo de arrastrarla a través de los cables del teléfono para tenerla aquí conmigo.

Lo noto en su voz. Está tan disgustada como yo.

—Pásame otra vez a la señora Silver.

La directora escucha a mi madre y luego dice:

—Ah. Está bien, señora Nickerson. Estaremos en contacto, pues.

Voy al baño y me encierro el tiempo suficiente para que se borren las huellas del llanto de mi cara.

Cuando vuelvo a la clase, le pido a Keisha que me ayude a escribir una nota, para asegurarme de que todo esté bien escrito. La dejo en la mesa del señor Daniels: «Nunca más voy a quedarme a leer después de clases ni a jugar ajedrez con usted. Jamás en la vida».

Por la tarde, me siento en mi sitio de costumbre en Petersen's. Me pregunto qué dirá mi madre de la llamada de la escuela.

Cuando se acerca, me planta un besito en la cabeza. Con eso me lo dice todo.

—Así que un fantasma en una tormenta de nieve, ¿eh? —me sonríe.

Yo sonrío también, sólo a medias.

—Sí.

—Muy divertido —se inclina hacia adelante y me apoya la mano en la mejilla, y yo me esfuerzo por no echarme a llorar allí, delante de todo el mundo.

—Confiaba en él —le digo—. Ha sido el primer maestro que he tenido que... —y me callo, porque no puedo pronunciar las palabras.

—¿Sabes, cielo? Estoy segura de que todo esto tiene una explicación. Apuesto a que el señor Daniels no pretendía hacerte algo así. Dale una oportunidad, ¿ok?

Asiento. Espero que tenga razón, porque quiero pensar que es tan improbable que el señor Daniels le haga una jugarreta a alguien como que un pez nade boca abajo y hacia atrás.

# 36

## En el juego de la vida…

En cuanto llego por la mañana, el señor Daniels me pide que salga al pasillo.

—Bueno, me han dicho que ayer tuviste algún problema.

Me cruzo de brazos.

—Los maestros a menudo dejamos instrucciones especiales a los suplentes, pero ella no debía compartir mis notas con el resto de la clase. Le escribí unas líneas para decirle que podías hacer un dibujo, para que no te obligara a escribir… Sé que te resulta difícil y sólo pretendía ayudarte, pero, tienes razón, no debería haberte puesto en evidencia. Ally, ya sabes que nunca me pasaría por la cabeza hacerte daño a propósito.

Lo sé. Y me alivia enormemente oírselo decir.

—Lo siento mucho, Ally, de verdad. Espero que me perdones.

Me tiende la mano y yo se la estrecho.

Por la tarde, el señor Daniels mueve el rey para colocarlo en una casilla negra, entre su alfil y mi caballo. Y nos veo a los tres, Albert, Keisha y yo.

Keisha es el alfil. Alta y poderosa, capaz de desplazarse por todo el tablero en un solo movimiento.

Albert es el rey; una pieza valiosísima pero que sólo es capaz de avanzar una casilla a la vez. Siempre con pasos pequeños. Huyendo y escondiéndose detrás de los demás.

Y luego está el caballo. Según el señor Daniels, la pieza más inteligente. La mejor pieza para hacerle una horquilla a tu adversario. Una pieza que únicamente se desplaza con un movimiento en forma de L. Tengo la sensación de que yo soy el caballo, porque llevo toda la vida saltando por encima de las cosas.

Shay es la reina. La pieza con mayor facilidad para desplazarse por las casillas. Y la más terrorífica. A la que todos protegen y la que exige más sacrificios.

Comprendo que tratar con Shay a diario es como jugar ajedrez. Ella siempre anda buscando tus puntos débiles, intenta avergonzarte y obligarte a cometer errores constantemente. Para oponerte a ella, debes recordar que el tablero siempre cambia y está en movimiento. Mantener los ojos bien abiertos. Ser cuidadosa. Idear un plan. Comprender que no siempre podrás estar a la defensiva; al final, tendrás que enfrentarte a ella. Y, pase lo que pase, no rendirte. Porque, muy de vez en cuando, un peón se convierte en reina.

—¿Y bien? —pregunta el señor Daniels, sacándome de mi película mental—. Llevas mucho rato pensando. ¿Planeando tu próximo movimiento?

Miro el tablero.

Busco. Llevo tiempo sin ganarle y quiero hacerlo.

Entonces lo veo.

El caballo. La clave está en el caballo.

Lo agarro, lo muevo y dejo el dedo sobre la ficha para asegurarme de que no he cometido un error.

Sí, acabo de hacerle jaque a su rey y no tiene adónde ir.

—Jaque mate.

Levanta las manos, pero parece contento.

—No me habrá dejado ganar, ¿verdad?

—Ally, tengo tres hermanos. Soy incapaz de dejar ganar a nadie —suelta una risa—. Me parece que eres invencible.

Me guiña un ojo y empieza a guardar las piezas en la caja. Me entristece que haya terminado la partida, pero me alegro de volver a confiar en él.

¿Y no es curioso? He pasado de ser invisible a ser invencible.

# 37

# Una gallina, un lobo y un problema

Como hoy es viernes fantástico, el señor Daniels nos ha preparado un acertijo.

Traza unas líneas onduladas de arriba abajo del pizarrón y nos dice que es un río. Luego demuestra ser el peor artista del mundo cuando dibuja una gallina, un lobo y un saco de trigo a un lado del agua.

—¡Señor Daniels! ¿Ha dibujado eso con los ojos cerrados? —grita Oliver—. ¡No se ofenda, pero es penoso!

El maestro se ríe.

—No me ofendo, Oliver. Tengo ojos en la cara —luego me mira—. No todos hemos nacido con un don natural para el dibujo.

A continuación añade un barquito, que parece un plátano, en la orilla del río.

—Está bien —dice—. Les explico el problema que tienen que resolver. Tienen que transportar la gallina, el lobo y el saco de trigo al otro lado del río, pero sólo cabe uno en cada viaje. No pueden dejar al lobo a solas con la gallina, porque se la comería. Y no pueden dejar a la gallina con el grano, porque también se lo zamparía. Así pues, ¿cómo transportarían las tres cosas al otro lado del río? Recuerden, sólo cabe una en el bote en cada viaje.

—¡Muy fácil! —grita Oliver—. Llevas la gallina en el primer viaje.

—¿Y luego qué?

—Luego transportas el grano.

—¿Y qué pasará con el grano cuando vuelvas a buscar al lobo?

Al cabo de un par de segundos, Oliver se deja caer en el pupitre con los brazos extendidos. El señor Daniels le propina unos golpecitos en la espalda.

—No pasa nada. El problema tiene su chiste.

Ahora se vuelve hacia Suki.

—¿Alguna idea?

Ella se apoya el dedo índice en la barbilla.

—Si llevas primero el grano… Y luego el lobo… —suspira y se encoge de hombros—. No sé.

Albert frunce tanto las cejas que casi no se le ven los ojos.

—Tómense unos minutos para pensarlo por su cuenta. Luego lo hablaremos entre todos.

No doy con la solución. Ni yo ni nadie. Casi todos los alumnos han dibujado el río y los animales, igual que el señor Daniels. Al cabo de un rato, los niños empiezan a charlar entre ellos. Me extraña que no nos pida que trabajemos en silencio.

Corto tres trocitos de papel y dibujo la gallina en el primero, el trigo en el segundo y el lobo en el tercero. Los muevo de un lado a otro del río. Ahora reina un gran alboroto en la clase. Recojo mis tres trozos de papel y le pregunto al señor Daniels si puedo trabajar en el pasillo para que no me moleste el ruido.

—Claro, ve.

Sólo llevo tres minutos allí, moviendo mis papelitos de acá para allá, cuando salen Shay y Jessica. Se sientan enfrente de mí, al otro lado del pasillo. Espero que también hayan salido para pensar.

—Qué tontería —suelta Jessica.

—Y que lo digas —contesta Shay—. ¿A quién le importan las gallinas, los lobos o lo que sea?

—¿Tú sabes la respuesta, Ally? —me pregunta Jessica.

—¿Por qué le preguntas a ella? Pues claro que no la sabe —replica Shay. Le susurra algo a su amiga y, al cabo de un momento, empieza a enseñarme papeles con palabras escritas—. ¿Puedes leer esto, Ally?

Intento no hacerles caso. No pienso dejar que me vean disgustada. Recuerdo: vivir cerca de Shay es como jugar ajedrez. No te agobies. No cometas errores.

—Ay… Si no sabes leer, ¿verdad?

El tono de niña pequeña no me molesta tanto como las palabras en sí. Procuro concentrarme en resolver el problema.

Shay se acerca a mí.

—Eres. Tan. Tonta, Ally. ¿Sabes una cosa? El señor Daniels sólo es simpático contigo porque le das pena.

—Venga, Shay. Vamos adentro —protesta Jessica.

—No me molestes —replica Shay—. ¿De parte de quién estás?

—De ti —dice Jessica, pero su voz no suena a lealtad. Suena a miedo.

Me levanto, entro en la clase y me siento en el rincón, detrás de la mesa del señor Daniels.

Me cuesta mucho quitarme de la cabeza el sonido de la voz de Shay. Entonces me recuerdo a mí misma que las cosas no son verdad sólo porque alguien las diga. Me concentro en los tres pedazos de papel. La gallina, el lobo y el grano.

Muevo los papelitos por el suelo. Tardo un rato, pero me doy cuenta de que hacen falta más de tres viajes. Tienes que transportar la gallina y luego el grano, pero entonces debes llevarte la gallina contigo y dejarla en la orilla mientras pasas el lobo al otro lado. Dejas el lobo con el grano y vuelves por la gallina.

Me levanto.

—¡Ya lo tengo!

Keisha y Albert alucinan. Yo también.

El señor Daniels se acerca y yo le susurro la respuesta al oído.

—¡Un trabajo impresionante, Ally!

Me dice que vaya por los pupitres ayudando a los demás a adivinar la respuesta durante los minutos que faltan.

—¿Ally? —susurra Max en voz alta—. ¿Cuál es la solución? Ven a decirnos cómo lo has hecho.

A estas alturas, Shay y Jessica ya han vuelto a entrar y me ven ayudando a Max. Cuando paso por su lado, Shay me suelta en voz baja:

—Sigues siendo una tonta, Ally. Una tonta de campeonato.

Jessica, en cambio, me sonríe un poco.

El señor Daniels nos pide que volvamos a nuestros sitios.

—Ok. Este proyecto tenía dos partes. La primera consistía en resolver el acertijo. La segunda, en comprobar quiénes de ustedes lo seguían intentando hasta el final. Quiénes se esforzaban a pesar de las dificultades hasta encontrar la solución. Felicidades a los pocos de ustedes que lo han hecho.

»Si, por el contrario, pertenecen al numeroso grupo que ha abandonado y se ha puesto a charlar con sus amigos sobre futbol y cosas así, quiero que se pongan a pensar que da igual lo listos que sean, porque el éxito también se alcanza a través del esfuerzo.»

No lo puedo creer. Mi experiencia de frustración infinita y de interminable esfuerzo no ha sido en vano.

Supongo que, al fin y al cabo, «me cuesta» no es lo mismo que «no puedo».

# 38

# Fracasados al poder

—Muy bien, Fantásticos. Como ya les he explicado, vamos a elegir un presidente de la clase para el primer gobierno constituido por alumnos de toda la historia del centro —anuncia el señor Daniels—. ¿Proponen algún candidato?

Jessica levanta la mano.

—Propongo a Shay.

Shay la mira y luego devuelve la vista al frente. Parece lista para recibir su corona.

—Bien, bien. ¿Alguna otra propuesta?

Nadie.

—Vamos. No podemos celebrar unas elecciones con un solo candidato.

Espero, mirando a mi alrededor. Sé que no habrá más candidatos porque, desde que el señor Daniels anunció las elecciones, Shay se ha encargado de informar a todo el mundo que quienquiera que compita contra ella se arrepentirá. De hecho, incluso sus hijos y los hijos de sus hijos se arrepentirán. Y la creo muy capaz de hacer algo así.

No. No habrá más nombres.

Albert levanta la mano. Guau, Albert. Qué valiente. Echo una ojeada a Shay, cuyos ojos se han convertido en dos rendijas.

No, Albert sólo pide permiso para ir al baño.

Después de insistir un rato, el señor Daniels dice por fin:

—Tendré que echar un volado o nos quedaremos sin portavoz. Vamos, chicos. Anímense.

Espera un poco más. Y entonces Shay levanta la mano.

—Bien, Shay, me gusta tu espíritu deportivo. ¿A quién propones?

Ella sonríe como un gato.

—Propongo a Ally Nickerson.

¿Qué? No. ¿Acaba de nombrarme a mí? Me mira fijamente mientras el señor Daniels vuelve a elogiarla.

Y entonces, de golpe y porrazo, lo entiendo todo. Claro. Quiere ganar, así que me propone a mí. A una fracasada del tamaño del mundo.

—¿Te parece bien? —me pregunta el señor Daniels.

—¿Puedo negarme?

—Sí, claro que puedes, pero yo creo que deberías aceptar.

Deseo decir que no, con toda mi alma. Pero no a él.

—Ok. Lo haré…

—Bien —anuncia—. Mañana las dos tendrán que hacer una pequeña presentación y luego votaremos.

—¡Ah, pues yo escribiré un discurso! —le dice Shay a Jessica. A continuación la oigo cuchichear.

Estoy aterrorizada. Yo no puedo escribir un discurso.

Cuando termina la clase, el señor Daniels se disculpa por no poder quedarse. Tiene que ir a la universidad. A pesar de todo, me aconseja que sea sincera cuando explique por qué quiero ser presidenta de la clase. Me pregunta si mi madre podrá echarme una mano esta noche. Le digo que sí. Sé que lo haría encantada, pero no pienso pedirle ayuda para algo así. Albergaría esperanzas.

Supongo que debería escribir algo, igual que Shay. Parecería una niña pequeña si me plantara delante de la clase sin haber preparado un discurso. Así que me siento a la mesa del comedor con una hoja de papel en blanco, inmaculado y resplandeciente, que me devuelve la mirada y me estruja el corazón.

Me muero de ganas de pedirle ayuda a mi madre, pero si se entera de que me postulo para presidenta de la clase se emocionará. Deseará que gane aún más que yo.

Me da miedo hacerme ilusiones.

Luego me veo mentalmente delante del pizarrón, mientras el señor Daniels me felicita, y tengo que reconocer que me gusta la sensación. Tomo el lápiz y me concentro al máximo. Con toda mi alma.

Cuando escribo, aprieto el papel con fuerza. No puedo evitarlo. Me duele la mano. Intento no cometer faltas de ortografía. Tardo una hora y media en escribir dos párrafos.

Me voy a la cama por fin, rogando por que me dé fiebre, por que contraiga una grave enfermedad, de esas que se comentan en toda la ciudad. La clase de enfermedad que Albert consideraría superinteresante. Una buena razón para faltar mañana a clases.

# 39

# ¡Toma, Shay!

De camino a la escuela, me dan ganas de tomar la ruta más larga. Pasando por México.

Nada más llegar veo a Albert, quien lleva un ojo morado.

—Albert —le dice Keisha—, ¿cuándo piensas darles una lección a esos niños?

—No es nada —responde muy serio, y luego se anima—. ¡Mira! —me enseña un cartel.

NUESTRA **ALLYADA**.
¡VOTEN POR ELLA!

—¿Me has hecho un cartel para las elecciones? —le pregunto sonriendo. Sé que voy a perder, pero después de esto no me sabrá tan mal—. Gracias, Albert.

Parece orgulloso.

—Pero, oye… ¿no parecerá una falta de ortografía?

—El guiño es la homofonía.

Eso me pasa por preguntar.

—Ya sabes, cuando las palabras suenan igual pero tienen significados distintos. Tu nombre se pronuncia «Ali», igual que el principio de «aliada». Un aliado es alguien que está de tu parte. Que te apoya. Como los aliados en las guerras.

Shay llega con Jessica. Mira el cartel y luego a nosotros tres.

—Buena suerte, engendro de seis patas. Al menos, Ally conseguirá tres votos.

Cuando se marchan, miro a mis amigos y pienso en los tres colores primarios. Amarillo, azul y rojo. Todas las tonalidades que vemos se crean a partir de esas tres.

Keisha se acerca a Suki para hablar con ella mientras yo respiro hondo y volteo hacia Albert.

—Sé que voy a perder y que Shay no dejará que lo olvide nunca —miro el pupitre y veo el cartel de Albert—. Pero, al menos, tendré una pancarta —le sonrío—. ¿Me la podré llevar a casa?

—Sí, pero no quiero que te rindas —me pide Albert.

—Ok. Bueno, a lo mejor tienes razón. Con la condición de que tú tampoco lo hagas.

—Yo no soy candidato a presidente de la clase.

Le señalo el ojo morado.

—Pero te han vuelto a pegar, ¿verdad?

Cambia el peso de una pierna a la otra y mira al infinito.

—No es lo mismo —contesta, y me da pena que no vea que, en el fondo, las dos cosas se parecen mucho.

Keisha vuelve en ese momento.

—¿Estás lista para tu presentación?

—No —sacudo la cabeza—. Estoy lista para que me humillen públicamente. ¿Por qué me meteré en estos líos?

Ella se inclina hacia mí y me susurra:

—Lo vas a hacer muy bien. Albert y yo votaremos por ti, digas lo que digas en tu discurso.

Sonrío a medias.

—¿Y si digo que tendrán que limpiar las mesas del comedor con la lengua?

—Tú dilo, no pienso hacerlo… Eso no me hará cambiar de idea —me suelta Keisha, y me da un toque en el hombro.

Albert añade:

—Depende de lo que haya ese día para comer.

Nos echamos a reír. Me alegro de que no se haya enfadado por mis comentarios.

El señor Daniels lleva una corbata estampada con caritas de George Washington, el primer presidente de Estados Unidos. Se levanta y le pide a Shay que sea la primera en hacer su presentación. Me fijo en que va vestida de rojo, blanco y azul, los colores de la bandera estadounidense. Me miro a mí misma. Ni siquiera se me ha ocurrido vestirme de una manera especial.

Shay habla de lo maravillosa que es y de todo lo que hará cuando sea presidenta. Los niños aplauden sus propuestas. No sé cómo se las va a arreglar para poner en práctica algunas de las cosas que ha prometido, como más recreos y más tiempo para comer. Y cuando promete casilleros nuevos, más grandes, para los pasillos, sé que está hablando por hablar. Con cada frase que pronuncia, los niños se ponen más contentos y yo me siento más pequeñita.

Me paro ahí adelante, con mi papel en la mano. El sonido que sale de mis labios no parece una palabra de verdad. Vuelvo a intentarlo y repito el mismo sonido. Cuatro veces más. Las risitas empiezan a convertirse en carcajadas a mi alrededor, pero el señor Daniels hace callar a los niños con un gesto de la mano sin apartar los ojos de mí. Se hace el silencio.

Estoy acalorada. Mi cerebro hace el pizarrón magnético y me quedo en blanco. Con la mirada fija en la hoja.

Que he escrito yo.

Que no entiendo.

Shay me mira con suficiencia y me siento aún peor.

El señor Daniels se inclina hacia adelante, con las manos apoyadas en las rodillas. Me susurra:

—Vamos. Puedes hacerlo. Y también puedes dejarlos con la boca abierta.

Sacudo la cabeza una pizca, para negarlo.

—Yo… creo en ti, Ally. Olvídate de lo que has escrito. Deja el papel y respira hondo. Si te pone nerviosa que todo el mundo te mire, cierra los ojos y habla con el corazón. Sé tú misma.

Me arranca el papel de las manos, con suavidad, y yo me quedo allí en silencio durante demasiado rato. Cierro los ojos. Ojalá el gesto me hiciera desaparecer a mí también.

El señor Daniels empieza con tono amable. Casi en susurros.

—Quiero ser la presidenta de la clase porque…

—Creo que sería divertido y creo que me gustaría —digo sin abrir los ojos.

—Bien… Continúa —me anima.

—Prometo ser buena persona… Prometo trabajar mucho… Prometo escuchar a todo el mundo que quiera aportar sus ideas, no sólo a mis amigos, porque estaría a cargo de toda la clase. Bueno, no a cargo exactamente… Pero quiero que todo el mundo tenga la oportunidad de hacer propuestas. Asistiré a las reuniones e intentaré conseguir más cosas, como recreos y eso, pero no puedo prometer que sea capaz de conseguir algo así —abro los ojos y miro al señor Daniels—. ¿Sería posible?

—La verdad es que no. No querrás que me despidan, ¿verdad?

Digo que no con la cabeza, como mareada.

—¿Tienes algo más que decir?

—Creo que no.

—Muy bien, pues —me pide con señas que vuelva a mi sitio y yo me siento, perpleja de que todo haya terminado.

—Ahora, a votar —dice el señor Daniels.

Empieza a repartir trocitos de papel.

—¡Un momento! —salta Shay—. En las otras clases han votado levantando la mano.

—Ya, pero yo he pensado que así la votación se parecería más a unas elecciones de verdad. Voto secreto. Escriban el nombre de la persona que prefieren como presidenta de la clase y doblen el papel. Yo los recogeré.

—¡Pero eso no es justo!

—Bueno —se encoge él de hombros—, si al gobierno de Estados Unidos le parece un buen sistema, a mí también.

Yo aliso mi papelito e intento no hacer un estropicio.

Tengo un nudo en la garganta mientras escribo mi propio nombre y ni siquiera sé por qué.

A lo mejor porque no lo estoy escribiendo en un parte ni firmando una disculpa por alguna metida de pata.

Lo doblo una, dos, tres veces y lo dejo en la cesta cuando se acerca el señor Daniels.

Dice que más tarde nos comunicará el resultado, pero todo el mundo le suplica que cuente en ese momento los votos, así que lo hace.

Desdobla el primero. Shay.

Abre otro. Shay.

Desdobla el tercero. Shay.

Pero los cuatro siguientes son todos para mí. Qué sorpresa.

Un par más para Shay y cuatro más para mí. ¿Cuatro más?

No me imagino quién puede haber votado por mí. Creía que a todo el mundo le caía bien Shay, pero, cuando echo un vistazo a mi alrededor, veo que me miran varios de mis compañeros. Algunos parecen contentos: Oliver, Suki y unos cuantos más.

Hacia el final del recuento, cuando parece que he ganado, Shay se cruza de brazos y se hunde en el asiento.

Cuando termina de contar, el señor Daniels le estrecha la mano a Shay y la felicita por su campaña. Entonces se vuelve hacia mí y dice:

—Felicidades, señora presidenta Nickerson.

Me saluda al estilo militar y se echa a reír. La clase rompe en aplausos. Keisha está bailoteando mientras Albert me saluda asintiendo.

—¡Señor Daniels! —Max levanta la mano—. ¡Esto merece una fiesta!

—¿Por qué, Max? ¿Porque es miércoles?

—Cualquier día es bueno para una fiesta, señor D —dice, y Shay lo mira enfadada.

Pero la auténtica mirada asesina me la reserva a mí. Al menos está callada por una vez.

Y eso me parece genial.

# 40

## Distintas clases de lágrimas

Keisha y Albert me llaman señora presidenta cada vez que tienen oportunidad. Al final del día caminamos juntos hacia la puerta de la escuela, y yo estoy más feliz que una lombriz. Feliz como para echar a volar.

Una voz alta y brusca interrumpe mi ataque de felicidad.

—¿Cómo que has perdido? ¿Has perdido?

Shay está ahí, con su madre.

—¿Después de todo el rato que pasamos redactando tu discurso? —la regaña—. ¿Has mirado al público? ¿Has hablado con claridad? ¿Has sonreído?

—Sí. He hecho todo eso. La otra niña tuvo más votos que yo y ya está.

Shay parece una persona totalmente distinta. La Shay que conozco, siempre dispuesta a decir algo hiriente, habla ahora como una niña de preescolar.

—Perdona, mamá.

Se seca una lágrima de la mejilla.

—Vaya —dice Keisha—. Esa mujer es un ogro.

—Diablos, no lo puedo creer, pero Shay me da pena —contesto.

—Ah, no. Ni hablar —replica Keisha—. No la compadezcas. Eso no es excusa para andar por ahí molestando a todo el mundo.

—Sí, supongo que tienes razón.

—¿Ahora te das cuenta? —me pregunta—. ¡Pues claro que tengo razón!

Nos reímos y ella sube a su autobús.

De pronto tengo una prisa terrible por llegar a A. C. Petersen.


Mientras cruzo corriendo las puertas del restaurante, olvido que tenía la intención de hacerme la dura cuando le dijera a mi madre que me han nombrado presidenta de la clase. Olvido contárselo como si no fuera nada del otro mundo. En cambio, me pongo a saltar y se lo suelto en voz tan alta que algunos de los clientes habituales me felicitan antes que ella.

Veo en su cara que intenta asegurarse de que ha oído bien.

—¡Sí! —le digo asintiendo con furia—. ¡Mamá! Me han elegido presidenta. ¡Los niños de mi clase! No el maestro. ¡Los niños!

Abre los brazos y yo me abalanzo hacia ella.

—Estoy muy orgullosa de ti —murmura con voz trémula.

Sé por qué está llorando. Yo tampoco lo puedo creer.

# 41

## Una carta casi perfecta

En ese momento brumoso entre el sueño y el despertar, antes de abrir los ojos, me acuerdo de que soy presidenta de la clase. Me pregunto si ha sido un sueño, pero sé que no lo es. Lo sé porque tengo la sensación de elevarme en el aire antes de sentarme siquiera. Como cuando te despiertas la mañana de Reyes y recuerdas qué día es.

Me quedo ahí tumbada, pensando que me alegro de que el señor Daniels contara los votos delante de todo el mundo. Si no lo hubiera visto con mis propios ojos, no le habría creído cuando más tarde me hubiera dicho que había ganado.

Al llegar a la escuela, todo el mundo me trata como siempre, pero yo me siento distinta. Guardo mis cosas en el casillero y camino hacia mi pupitre, donde encuentro un sobre que lleva escrito mi nombre. Qué raro.

Me siento y lo abro. Echando un vistazo a mi alrededor, saco una hoja de papel del sobre. Al principio, supongo que será una nota de felicitación del señor Daniels, pero no lo es.

Veo toda una página escrita en letra inclinada. Reconozco algunas palabras, como «amor», pero no entiendo casi nada.

Está firmada por Max. Lo miro y él asiente una vez. Desvío la vista. Tengo la cara tan roja como la nariz de Rodolfo el reno. Doblo la carta y me la guardo en el bolsillo. Ojalá pudiera leerla. Creo que, cuando llegue a casa y la examine con calma, descifraré más o menos las palabras, pero ahora no puedo ponerme a mirarla. Me vuelvo hacia Keisha, que está guardando sus cosas en su casillero.

—Hola —me saluda, y se sienta.

—Hola —abro la boca para hablarle de la nota, pero no es la persona más discreta del mundo y me da miedo que se enteren todos de lo que pasa.

Así que respiro hondo y decido que habrá que esperar. No tengo más remedio. Estoy contenta y enojada al mismo tiempo. Contenta por la nota y enojada por no ser capaz de leerla. Max es muy lindo y me gustan los jerseys de futbol rojos y blancos que lleva siempre. Y ahora que creo que le gusto, me parece que él también me gusta a mí.

—¿Y qué? ¿Qué se siente al ser presidenta? —Keisha sonríe.

Ay, sí. Madre mía, ésta debe de ser la mejor semana de mi vida.

—Igual que siempre —le digo.

—Ah, ¿sí? ¿Igual que siempre? ¿Ya se te ha subido a la cabeza?

—No te preocupes. No voy a dejar de hablarte ni nada.

—Pues claro, no puedes vivir sin mí.

Nos echamos a reír.

—Muy bien, mis queridos Fantásticos —empieza el señor Daniels. Nos recuerda que dejemos la tarea en la bandeja y les pide a los encargados que apunten la gente que se queda a comer y todo eso. Yo estoy más tiesa que de costumbre, con la sensación de que tengo un sitio en esta clase.

Cuando el señor Daniels da por terminadas las cosas aburridas de cada mañana, nos dice:

—Hay algo más. Nuestra nueva presidenta, Ally Nickerson, asistirá hoy a su primera reunión del gobierno estudiantil, así que, si tienen alguna sugerencia que hacerle, comuníquensela, por favor. Si quieren aportar ideas para cambiar algo, ella será la encargada de transmitirlas.

Sé que no debería sonreír, pero pedir a mis labios que permanezcan serios sería como pedirle a Travis que dejaran de gustarle los coches.

Oliver hace la primera sugerencia. Yo me pongo en mi papel cuando él se planta delante de mi pupitre.

—Quiero proponer una cosa.

—Ok. ¿Qué es?

—Quiero pedir que nos dejen traer golosinas a clase. O sea, montones de golosinas. Camiones de volteo estacionados frente a la escuela, sonando el claxón para que no pasemos. Y entonces descargarían montañas de golosinas delante de la escuela y los niños las recogerían con palas, porque esa regla que han puesto este año de traer sólo comida sana es una tontería y me he quedado sin lo único que me gustaba de la escuela y…

—¿Oliver? —lo interrumpe el señor Daniels.

Él mira al maestro.

—¿Alguna duda?

—No, sólo quería darle un consejo a la presidenta. Presentarle mi idea.

El señor Daniels sonríe a medias.

—Muy bien. Termina y vuelve a tu asiento.

Oliver se vuelve hacia mí otra vez.

—¿Ok? ¿Lo harás?

—Pues… Lo intentaré.

Parece decepcionado.

Suki interviene:

—No estoy de acuerdo. La regla de la comida sana está bien. Es malo para tu cuerpo llenarlo de golosinas.

Oliver la mira.

—Deja de hablar como si fueras un adulto.

Otros niños me hacen sugerencias.

Justo antes del almuerzo, oigo quejarse a Shay de que si hubiera sido la escogida habría organizado un club de equitación en la escuela. Al principio me siento mal por ella, pero luego me doy cuenta de que no la habrían dejado. ¿Caballos? ¿De dónde íbamos a sacar caballos?

También podríamos organizar un club llamado «Vuela a la Luna los jueves». Y veo en mi mente un cohete plateado con rayas azules volando a la Luna. Keisha, Albert y yo somos la tripulación. Albert nos explica tranquilamente la energía que hace falta para que el cohete despegue. Keisha chilla de felicidad y yo me río, porque estoy encantada de verlos tan contentos.

Shay me arranca de mi película. Se ha plantado delante de mí.

—Todo el mundo está de acuerdo: métete en un agujero y no vuelvas a salir.

—Puesto que he ganado las elecciones, supongo que no todos piensan como tú.

Y me quedo pasmada cuando, en lugar de replicar, se aleja ofendida.

Al final del día, cuando estamos preparándonos para subir en los autobuses, Shay llega corriendo seguida de su sombra, Jessica.

—¿Y qué? ¿Has recibido la carta?

Una vocecilla me advierte que vaya con cuidado.

—¿Qué carta?

Shay mira por encima del hombro y se vuelve otra vez hacia mí.

—Ya sabes. La carta.

—¿De qué hablas? —le pregunto.

Se está impacientando.

—La carta… —baja la voz hasta un susurro—. De Max. La que te decía que te reunieras con él para comer. No has aparecido. Está muy disgustado.

Oh.

—Ah, ¿sí?

Ella vuelve a mirar por encima del hombro.

—Entonces ¿qué? ¿Te gusta o no?

—¿Y por qué quería verme a la hora de comer?

—Ally, no puedes dejar pasar algo así. Es de mala educación…

Veo a Max, que se acerca en silencio.

Shay sigue hablando.

—Le gustas, y deberías contestarle. Y decirle lo que te pide que le digas. ¿Ok? ¿Mañana lo harás?

—¿Qué carta? —pregunta Max.

—¿Max? Ah, hola —dice Shay, tropezando con las palabras.

—¿Qué carta? Te he oído decir mi nombre.

Nunca pensé que vería a Shay enmudecer.

—Se refiere —le explico— a la carta de amor que, según Shay, me has escrito —se la doy—. Muchas gracias, pero tengo cosas que hacer.

—Ah… Espera. Yo no… En realidad no… —me dice, intentando ser amable. Mira la carta y luego a Shay y a Jessica. De repente, no parece tan amable.

Jessica se queda pálida, pero no tanto como Shay.

Sea lo que sea lo que me esperaba en la mesa del comedor, tengo suerte de habérmelo perdido. Por primera vez en mi vida, me alegro de ser incapaz de leer.

## 42

# La falta de excusas, la cinta adhesiva y los antibióticos son una bendición

El señor Daniels me llama a su mesa.

—Mira. Tengo una cosa para ti.

Estoy emocionada. Hasta que veo un libro. Es verdad que ya no los odio tanto como antes, pero todavía me asustan.

Lo miro sin decir ni pío. Con la esperanza de que sólo quiera hablar de libros. De que no me pida que lo lea.

—Me gustaría que lo leyeras.

Abro la boca para protestar mientras mi mente empieza a redactar una lista de excusas.

Él levanta una mano para detenerme.

—Escucha, Ally. Sé que no te va a resultar fácil. Sé que tardarás un tiempo. Pero a pesar de todo…

Se me empiezan a atragantar las excusas.

—Creo que éste lo podrás leer. Y me gustaría que lo intentaras.

Alargo la mano para tomar el libro, que tiene en la cubierta la imagen de dos niños en unas escaleras muy viejas.

Hojeo las páginas. El libro no es largo, en comparación con otros. Eso es un alivio.

Levanto la vista y sostengo la mirada al señor Daniels. En otras circunstancias, estaría soltando un montón de razones para justificar por qué no me siento capaz de leerlo, pero el caso es que el señor Daniels podría tenderme un libro más pesado que una montaña y yo intentaría hacerlo.

Sólo porque es él quien me lo pide.

—Muy bien, hoy vamos a empezar el tema del texto argumentativo —dice el señor Daniels—. Para comenzar, me gustaría que me dijeran una cosa: si pudieran poseer un objeto cualquiera en cantidad ilimitada, ¿cuál escogerían? No vale un objeto mágico, ni que tenga poderes especiales ni nada de eso. Debe ser algo de uso diario, común y corriente.

—Bueno, es obvio —empieza a decir Shay despacio, como si hablara con un niño pequeño—. Todo el mundo escogería dinero, ¿no?

Albert se queda desconcertado, algo que casi nunca sucede.

—A mí lo primero que me ha venido a la cabeza han sido los antibióticos.

—¿De verdad?

El señor Daniels da un paso adelante y se mete las manos en los bolsillos.

—Hay muchas personas que no tienen recursos para comprar medicamentos. Me gustaría dárselos a los que los necesitan. Los repartiría por todo el mundo —sigue hablando como si pensara en voz alta—. No sé si los antibióticos ayudarían a las formas de vida extraterrestre o más bien les harían daño.

—Bueno —escupe Shay—, si tuvieras una cantidad ilimitada de dinero, podrías comprar todos los medicamentos que quisieras, ¿no?

La veo poniéndole a Jessica los ojos en blanco.

Albert se encoge de hombros.

—Pues yo prefiero el medicamento.

—¡Cinta adhesiva! —grita Oliver—. ¡Yo pediría eso!

El señor Daniels asiente.

—No está mal pensado, Oliver.

—O pegamento blanco. Me encanta el pegamento blanco. Si tuviera montones de botes en el garaje, me cubriría las manos de pegamento blanco cada día. Y luego, cuando estuviera seco, me lo arrancaría. Me encanta hacerlo. A mi madre le da muchísimo asco. Le digo que es piel.

Shay resopla.

—¿Qué pasa? —se extraña Oliver.

—Que es una tontería —dice ella.

—¿Qué? —quiere saber él.

—Hay que respetar las opiniones de todos —interviene el señor Daniels, pero Shay y Oliver siguen hablando.

—Pedir cinta y pegamento blanco —responde Shay.

—No, no lo es, porque también las usaría para pegarle notas a mi hermanita. La ayudarían a encontrarse mejor.

—¿La ayudarían a encontrarse mejor? —el señor Daniels parece preocupado—. ¿Está enferma?

—No, ya no, pero tuvo algo que se llama... bueno... un nombre muy largo. Una cosa de cinco sílabas y tuvo que ir al hospital varias veces y quedarse a dormir allí. Y cada vez que iba, yo la visitaba y le llevaba tarjetas. Y ella se alegraba mucho. Mi madre dice que fui yo quien la ayudó a curarse.

—Ya veo. Bueno, Oliver, hoy estás demostrando que posees una enorme creatividad —el señor Daniels le revuelve el pelo—. Eres uno entre un millón, ¿lo sabes, Oliver?

Suki levanta la mano.

—Abuelo dice todo el mundo es único. Especial. Distinto a otros. Y que, por eso, todos somos geniales.

—¡Tiene mucha razón, Suki! —exclama el señor Daniels—. ¡Desde luego, tú eres genial!

Ella asiente encantada y le hace una reverencia.

—Gracias, señor.

El señor Daniels se inclina también ante ella y luego se incorpora.

—¡De hecho, todos son geniales, mis queridos Fantásticos!

Albert levanta la mano y el señor Daniels asiente.

—Perdone, pero sólo porque algo sea único no significa que sea bueno. Al fin y al cabo, la E. coli, una bacteria peligrosa, es distinta a todas las demás.

—Ahí me has atrapado, Albert, pero a mí me gusta que todas las personas sean distintas. ¿Qué pasaría si todos tuviéramos el mismo aspecto, las mismas ideas, las mismas opiniones?

—Que sería aburridísimo —observa Keisha.

—Ya lo creo que sí —asiente el señor Daniels.

Yo pienso que no me importaría parecerme un poco más a los demás, pero luego me digo: no me gustaría dibujar como todo el mundo. Ni tampoco ser tan mala como Shay. O como Jessica.

De golpe y porrazo, se oyen gritos. Es Oliver.

—¡Asesina de hormigas! ¡Asesina de hormigas!

—¿Qué pasa, Oliver? —le pregunta el señor Daniels.

El niño señala a Shay.

—¡Asesina de hormigas!

—Pero si sólo he pisado una estúpida hormiga. ¿Por qué armas tanto escándalo?

—No tenías derecho a matar a la pobrecita. Sólo pasaba por aquí.

—¿«La pobrecita»? Es una hormiga de nada. ¿A quién le importa?

—A mí —dice Oliver, y se pone a gatas con un pañuelo de papel en la mano para examinar a la hormiga, que sin duda está muerta. La limpia con el pañuelo y se lo mete en el bolsillo.

—¿La vas a guardar? —se horroriza Shay.

—Pues claro, no la voy a tirar a la basura. En casa la enterraré.

Ella se echa a reír.

—Shay —la avisa el señor Daniels—, no voy a consentirlo.

Shay se calla.

—Todos somos distintos. A ti te importan unas cosas, y a Oliver, otras. Tenemos que esforzarnos en aceptarnos mutuamente. Aunque no estemos de acuerdo.

—¡Sí! —grita Oliver.

—Y Oliver —continúa el señor Daniels—, creo que te has pasado con Shay. Mucha gente pisa las hormigas.

—¿Y?

—¿Oliver? —insiste el maestro, y se queda esperando.

El niño se vuelve hacia Shay y murmura:

—Perdona.

Luego vuelve a su sitio.

—Gracias, Oliver —el señor Daniels camina despacio hasta el pupitre del chico—. Me alegro de que te hayas disculpado. Ahora que lo has hecho —se inclina hacia adelante y apoya las manos en las rodillas—, me gustaría añadir que tienes uno de los corazones más grandes que me he encontrado en toda mi vida. Te preocupas mucho por todo y siempre cuidas de los demás. Y eso, jovencito, te ayudará a convertirte en un gran hombre algún día.

# 43

## Quemar las naves

Como le habíamos tomado el pelo a Albert con su playera, Keisha y yo decidimos tener un gesto con él. Al parecer, las burlas nos dolían más a nosotras que a él.

Así que decidimos hacernos unas playeras a juego con la suya.

Nos acercamos por detrás mientras él clasifica sus papeles en montones.

—Albert, ¿te gustan nuestras playeras? —le pregunto.

Se da media vuelta y nos mira con atención. A mí, que llevo una playera con la palabra STEEL estampada, que significa «acero» en inglés; y a Keisha, cuya playera dice MAGNE-SIUM, «magnesio».

Creo que es la primera vez que veo a Albert perplejo a más no poder.

—Qué —dice Keisha—, ¿lo captas? Hacen juego con tu playera. No con ese tipo genial que vive solo en mitad del espacio con sus robots y eso, porque ya te dije que me daba cosa…

Albert sigue desconcertado, así que la interrumpo.

—Las playeras hacen juego con la tuya porque los tres juntos vamos a quemar las naves, como dice el señor Daniels.

—Sí —asiente Albert—. El fósforo, el acero y el magnesio se suelen usar juntos para prender fuego. Ya lo tengo.

Albert tuerce un poquitín las comisuras de los labios, que es como si otra persona se pusiera a dar volteretas por el pasillo.

Sin pararme a pensar, le grito a Shay, quien está en la otra punta del aula:

—¡Eh! ¡Si te burlas de uno de nosotros, te burlas de todos!

Shay nos mira como si oliera un tufo a carne podrida y Keisha y yo nos partimos de risa.

Le doy a Albert unas palmaditas en la espalda.

—Sólo queríamos que supieras que siempre puedes contar con nosotras.

—Ya, eso significa que o bien son los dedos de una mano o bien un ábaco.

—Oh, Albert. ¿En serio? —Keisha menea la cabeza con incredulidad y se inclina hacia adelante—. Significa que nos pareces un tipo genial, amigo.

—Somos aliados —sonrío.

Él devuelve la atención a los papeles.

—Sí, ya lo sé —contesta en voz baja—. Y se los agradezco mucho.

# 44

# Superally

Travis me acompaña a la escuela porque el proyecto que he creado para la presentación del libro es demasiado grande para llevarlo en el autobús. Mis proyectos suelen ser dibujos, pero éste es una escena tridimensional creada sobre un trozo de madera. Una escena sacada de *Supertoci*, el libro que el señor Daniels me pidió que leyera.

—¿Te pasa algo? —me pregunta Travis—. ¿Desde cuándo sonríes así los lunes por la mañana?

Por una vez, voy a la escuela sintiéndome orgullosa. Así que me quedo callada, sin dejar de sonreír.

—Eh —me dice, y me da un toque en la pierna—. Me alegro de verte tan contenta por ir a la escuela, Al —se ríe un poquito—. Si te soy sincero, no me molestaría que me pasara lo mismo.

Cuando llego a la clase, me rodean un montón de niños. Supongo que será por el tamaño del proyecto.

Shay se acerca primero. Mira la escena de la cocina que he creado, casi toda con papel, incluida una luz encima del fregadero que se enciende y se apaga, y que Travis me ha ayudado a montar.

—¿Cómo lo has hecho? —pregunta señalando la luz.

—Lleva una pila debajo.

Parece molesta.

—¿Y lo has hecho tú?

Oliver se acerca e intenta tocar la luz.

—¡Qué padre! —antes de que pueda apartarme, golpea el cable y la luz se apaga.

Shay salta:

—¡Oliver, eres un…!

—Déjalo en paz —la interrumpo—. A mí no me molesta y menos a ti.

Shay y Oliver abren los ojos como platos, pero por motivos distintos. Oliver sonríe un poquitín.

—No pasa nada, Oliver. Lo arreglaré.

Shay entorna los ojos un momento y luego se ríe más fuerte de lo normal. Señala mi maqueta.

—Leí ese libro hace como… cuatro años. No sale ningún soldado —dice, y señala el cuadro que cuelga de la pared de mi proyecto.

Ahora llega Max.

—¿Qué pasa?

—Ha colgado un cuadro que no tiene nada que ver con el libro. La reseña de un libro, Ally. ¿No debería hacer referencia a la novela?

—Bueno —digo, un poco acalorada—, casi todas las casas tienen cuadros en las paredes, así que decidí decorar la cocina y dibujé un retrato de mi padre uniformado.

—¡Guau! —exclama Max—. ¿Tu padre es soldado?

—Sí.

—¡Qué genial! ¿Y qué hace?

—Es capitán de una unidad de tanques.

—¿Tu padre conduce tanques? ¿En serio? ¡Es alucinante! Lo miro.

—Gracias.

Él levanta el puño para entrechocarlo con el mío. Y cuando se aleja, les cuenta a los otros chicos lo de mi padre.

Por la cara que pone Shay, me doy cuenta de que le ha salido el tiro por la culata.

Entonces se acerca el señor Daniels. Lleva una corbata con un dibujo de libros.

—¡Caray, Ally! ¡Es increíble! —se inclina hacia adelante y baja la voz—. Estoy muy orgulloso de ti.

La respuesta se me queda atascada en la garganta. Veo una serie de películas en mi cabeza buscando aquélla en la que algún profesor me haya dicho algo así antes. No la encuentro.

—¿Ally? —me dice.

Sigo sin poder hablar. Normalmente cuando no soy capaz de pronunciar palabra es porque me siento humillada. Prefiero mil veces esta sensación.

# 45

## La pregunta de mi hermano

Estoy dibujando bocetos de magdalenas parlantes para un anuncio del negocio de Keisha. Me ha pedido que le ayude. Te sientes de maravilla cuando te piden ayuda.

Mientras dibujo, pienso en mi Cuaderno de Cosas Imposibles. Me encanta, pero ya no lo uso con tanta frecuencia. Antes era lo único que me hacía feliz. Ahora tengo otras cosas.

Oigo a Travis mascando chicle en la puerta antes de verlo. Sin levantar la vista, le digo:

—Mamá te dijo que dejaras de pasarte el día mascando chicle como una cabra. Te oyes a un kilómetro de distancia.

Deja de mascar. Qué raro.

Cuando termino de borrar una línea, lo miro. Parece un poco tenso. Tiene las manos en los bolsillos. Luego saca una mano y se frota la barbilla con el puño cerrado.

—¿Travis? ¿Qué pasa?

—Es que quería preguntarte una cosa.

—¿Me quieres pedir dinero o algo así?

Él sonríe a medias, como hace siempre, y menea la cabeza para negarlo. De todas formas, lo noto muy serio.

—Pregúntame lo que quieras, Travis. ¿Qué es?

Se acerca y se sienta en la cama.

—Ese maestro tuyo, el señor Daniels… ¿Qué hacen después de clases?

—¿Jugar ajedrez?

Menea la cabeza.

—No. La lectura. ¿Qué hace? O sea, ¿van leyendo las palabras divididas en sonidos y eso?

Dejo el lápiz en el escritorio.

—Bueno, hablamos de las palabras, pero él no trabaja como los otros maestros. Nunca usamos lápiz y papel. Nunca. Me hace escribir las letras en arena azul o rosa. A veces en espuma de afeitar.

—¿En serio? ¿Y ya sabes leer?

—Bueno, todavía no, pero cada vez me cuesta menos. A veces tengo la sensación de que voy corriendo por una pared vertical, de tanto que me canso. Pero cada vez se me da mejor.

—Entonces ¿te está ayudando lo que hace?

—Sí. Es más divertido que aprender de la manera típica. A veces me aburro, porque escribe una lista de palabras que tienen más o menos las mismas letras. Como pan, par o paz. Escribe las letras que se repiten en rojo, y las otras, en negro. Luego convierte las letras en imágenes para que las recuerde mejor.

Le doy la vuelta al papel.

—Mira. Te lo enseñaré.

Y escribo «sol» con rayitas alrededor como si fueran rayos.

—¿Y eso te ayuda a recordarlo?

—Sí, y también tiene unas hojas de plástico transparente, pero de distintos colores. Las coloca encima de las páginas para que no me duela la cabeza. Como si le quitaras el brillo a una pantalla de computadora. Es raro.

—¿Y ya no te duele la cabeza cuando lees? ¿En serio?

—Bueno, un poquito, pero mucho menos. Como un piquete en la cabeza comparado con los mazazos de antes.

Travis sonríe y se levanta.

—Qué bien. Me alegro de que te esté ayudando. Y me alegro de que tengas a Keisha y a Albert, pequeñuela. Lo estás haciendo muy bien.

—¡Tú también lo estás haciendo muy bien, Travis! Dentro de nada, abrirás tu taller de Reparaciones Nickerson, ¿eh?

Asiente una vez y se da media vuelta para marcharse. No habla del letrero de neón ni del armario de herramientas giratorio. Echo de menos los rollos que me soltaba sobre sus grandes planes.

—¿Travis?

Se vuelve.

—¿Sí?

—Si quieres, puedo intentar ayudarte.

—No… —dice, y se frota la barbilla con los nudillos—. No hace falta. Sólo preguntaba por curiosidad.

# 46

## Tigres voladores y elefantes bebés

—¿Sabes, Ally? —me dice Albert a la hora de comer—. Antes de conocerte mejor, te llamaba «el tigre volador».

—¡Oooh, Albert! Es un nombre genial —exclama Keisha—. Salvaje. En plan, nadie se mete con ella, ¿verdad?

Ojalá ese nombre me describiera, pero no es así. ¿Qué le pasaría por la cabeza para ponerme ese apodo? Levanto la vista y descubro que me está mirando.

—¿Qué? —me pregunta—. ¿No quieres saber por qué te llamaba así?

Me encojo de hombros.

—No es un insulto. Sólo una observación.

Vuelvo a encogerme de hombros.

—Bien. Pues dímelo.

—Antes de que Estados Unidos entrara en la Segunda Guerra Mundial, había un grupo de pilotos norteamericanos en China. Los llamaban Tigres Voladores. Pilotaban unos aviones con dientes de tiburón pintados en la punta.

—¡Ah, sí! —exclamo—. ¡A mi padre y a mi hermano les encantan esos aviones!

Asiente una vez mientras yo hago esfuerzos por ahuyentar de mi mente la imagen de mí misma convertida en un avión.

—No tenían muchos aviones, así que, de vez en cuando, los redecoraban. Cambiaban un poco el dibujo y los números, para que los japoneses creyeran que había más de los que tenían en realidad.

Creo que sé por dónde va.

—Te observaba. Veía cómo intentabas redecorarte a ti misma continuamente de cara a los demás. Para dar una imagen que no se correspondía con la realidad. Como hacías con los profesores. Siempre ingeniándotelas para que te enviaran al despacho de la directora.

Guau. No puedo creer que Albert se diera cuenta de todo eso.

—Ok —quiere saber Keisha—. ¿Y le pones esa clase de apodos a todo el mundo?

—Me gustan las analogías. Me interesan y me ayudan a entender las cosas.

—¿Y a mí? ¿Me pusiste un apodo?

Vacila.

—Vamos, sabelotodo. Escúpelo —le ordena Keisha.

Albert se muerde el labio.

—Oye. Dímelo ahora mismo o te arrepentirás.

—«El bebé».

—¿Qué? ¿«El bebé»? ¿Lo dices en serio? ¿A ella le pones un nombre tan alucinante como «el tigre volador» y a mí me llamas «el bebé»? ¿Qué diablos significa eso?

Albert está como un tomate.

—No quería ofenderte.

—Pues llegas un poco tarde. Te voy a enviar al espacio. A un lugar que jamás haya sido pisado por el hombre. Hablo en serio.

¿Ahora a Keisha le ha dado por citar *Star Trek*? Se le han ido las cabras.

—Te llamaba «el bebé» porque, cuando estás tranquila, te dedicas a observarlo todo. En cambio, cuando quieres algo, armas mucho escándalo y enseguida te sales con la tuya.

Yo me río a carcajadas.

—Vaya, Keisha. Tiene toda la razón.

Ella se cruza de brazos, enfurruñada, pero luego se echa a reír también.

—Albert, ¿te has puesto uno a ti mismo? —le pregunto.

Cuando dice que no, se le nota que nos está engañando.

—¡Dínoslo! —exclama Keisha.

—Yo soy «el elefante».

—¿Porque eres grandote? —apunto.

—No —contesta Keisha—. Porque tiene buena memoria.

—Es verdad que los elefantes tienen buena memoria —conviene Albert—, pero no escogí ese nombre simbólico por eso.

—Y entonces ¿por qué? —insisto.

—Pues… Porque me he convertido en un paquidermo.

—¿Eso es una religión? —pregunto.

Tuerce la comisura de los labios hacia arriba.

—No. Un elefante es un paquidermo. Significa que es un animal con la piel muy gruesa.

En ese caso, supongo que todos somos paquidermos. O fingimos serlo.

Se toca nervioso un padrastro del pulgar.

—Los elefantes experimentan un gran abanico de emociones, pero su comportamiento no varía. Exteriormente, felicidad y tristeza parecen iguales en su caso.

No recuerdo la última vez que me quedé sin palabras. Todo este tiempo pensando que Albert era un nerd con menos sentimientos que una piña y resulta que me equivocaba. Siempre está observando. Y reflexionando. Lo entiende todo perfectamente. Y sin duda sabe por dónde voy yo.

# 47

## Las mentes geniales piensan de otra manera

El señor Daniels parece súper contento cuando nos anuncia una mañana:

—Hoy, mis queridos Fantásticos, vamos a olvidarnos del tema de ciencias sociales y vamos a charlar un rato sobre personas famosas. Personas a las que, seguramente, algunos de ustedes conocerán.

Saca unos cuantos retratos y los planta en la bandeja del pizarrón. Lo ocupan de lado a lado y me da miedo que nos haga un examen o que nos pida que escribamos sobre nuestro personaje favorito.

El señor Daniels está entusiasmado.

—Yo diré el nombre y ustedes, si lo saben, me dirán por qué es famosa esa persona, ¿hecho? No hace falta que levanten la mano. Díganlo y ya está.

Guau. Acaba de saltarse la regla número uno de cualquier maestro.

Señala la primera foto.

—Thomas Edison.

Espera. Yo sé quién es. Chillo:

—¡¿Inventó la bombilla?!

—Muy bien, Ally. Pero si sabes la respuesta, no la digas en forma de pregunta. ¡Proclámalo!

Me imagino a mí misma en un estrado, delante de cientos de personas, con los brazos levantados, proclamando mi respuesta.

—¿Saben quién es éste? —pregunta ahora.

Max dice:

—Alexander Graham Bell, inventor del teléfono. Hice un trabajo sobre él.

—Un trabajo excelente —añade el señor Daniels.

El siguiente es George Washington. Todo el mundo lo conoce.

—¿Henry Ford? —pregunta el señor Daniels.

—¡Inventó el coche! —proclamo.

—Bueno, fue el fundador de la fábrica Ford, pero no inventó el coche. Perfeccionó la cadena de montaje, una manera muy inteligente de fabricar coches más rápido.

—Ah.

—Ally, ¿de qué conoces a estos inventores?

—Mi madre compró un DVD que se llama *Schoolhouse Rock*. Incluye una película de dibujos animados sobre los inventos.

—Ah, sí. *Schoolhouse Rock* es muy buena. ¿El siguiente? ¡Albert Einstein!

Lo dice como si fuera el presentador de un concurso.

Albert levanta la mano.

—¿Sí, Albert?

—Albert Einstein nació en Alemania el 14 de marzo de 1879. Está considerado la eminencia más grande que ha existido en los ámbitos de la física, las matemáticas y la filosofía. Sus ideas transformaron el mundo de la ciencia. Mi padre dice que la ciencia hasta entonces era como Pinocho, la marioneta, y que Albert Einstein la transformó en un niño de carne y hueso.

—¿Eso dice? —el señor Daniels se ríe—. Es genial. ¿Tu padre es científico, Albert?

—Sí, señor. Me puso Albert por Einstein, así que sé mucho sobre él.

Keisha le susurra:

—¿Y por eso te peinas igual que él? —se gira hacia mí—. Ese tipo no ha visto un peine en su vida.

—¿Peinarme? —pregunta Albert, desconcertado.

El señor Daniels camina otra vez hacia las fotos.

—Tengo la sensación de que el padre de Albert es todo un científico, sí, señor.

Seguimos con el resto de los retratos.

Leonardo da Vinci, el famoso pintor de *La Mona Lisa*. Y también un brillante inventor.

Pablo Picasso, otro pintor famoso, creador de un estilo pictórico moderno que marcó un antes y un después en la pintura.

Patricia Polacco, una escritora e ilustradora de enorme talento.

Whoopi Goldberg, divertida actriz.

Henry Winkler, famoso actor y escritor.

Mohamed Ali, campeón mundial de boxeo en la categoría de peso completo.

John F. Kennedy, trigésimo quinto presidente de Estados Unidos.

Winston Churchill, primer ministro de Gran Bretaña durante la Segunda Guerra Mundial. Su inteligencia y determinación evitaron que los nazis se apoderaran de Inglaterra. De hecho, todas esas personas poseían determinación para dar y regalar.

«Determinación.» Me gusta esa palabra.

John Lennon, de los Beatles.

Walt Disney, creador de Mickey Mouse.

Entonces el señor Daniels se aleja de los retratos.

—¿No les parece que nos encontramos ante un grupo de personas con un talento excepcional? ¿Alguno de ustedes se atrevería a pasar al pizarrón a decir que alguna de estas personas era tonta?

Todos sacudimos la cabeza para decir que no.

—Albert nos ha ofrecido una excelente introducción a la figura de Albert Einstein, pero ¿sabían que en su juventud lo expulsaron de la escuela? El informe decía que tenía poca inteligencia y que nunca llegaría a nada. Era incapaz de memorizar los meses del año. De hecho, le costaba amarrarse los zapatos. Sin embargo, fue y sigue siendo una de las mentes más increíbles que ha conocido el mundo.

Recuerdo que antes me costaba mucho amarrarme los zapatos. Travis se pasaba horas conmigo enseñándome a hacerlo como los niños pequeños, con las orejas del conejito.

Me quedo mirando el retrato de Einstein. Con su maraña de pelo blanco, parece como si acabara de sufrir un accidente con un enchufe. ¿Cómo es posible que descifrara algo tan complicado como el viaje en el tiempo y fuera incapaz de memorizar los meses del calendario?

El señor Daniels dice:

—Algunas personas afirman que John Lennon ha sido uno de los músicos más brillantes y espirituales de toda la historia de la música.

Camina unos pasos y señala a Walt Disney.

—¿Y qué les parece este hombre? ¿Sabían que un profesor lo acusó de no ser lo bastante creativo? —sigue avanzando—. ¿Qué les parece Henry Ford? Entendía el funcionamiento de un motor prácticamente desde que nació. Lo sabía, sin necesidad de estudiarlo.

Eh, igual que Travis.

Se acerca a las ventanas.

—Comprendía perfectamente cómo había que unir las piezas. Nunca estudió mecánica, pero se le daban tan bien las máquinas que, durante un tiempo, trabajó como ingeniero de Thomas Edison. Construyó su primer coche con sus propias manos, primero montando el motor y luego colocándolo entre dos bicicletas. Y su idea de la cadena de montaje revolucionó el mundo.

Se acerca al pizarrón.

—¿Saben qué tenían en común todas estas personas? —pregunta a la clase. Se para delante de mi pupitre y me mira a los ojos—. Muchos piensan que todos eran disléxicos.

Acabo de quedarme helada.

Sonríe un poco.

—Sí, señor. De niños, eran incapaces de leer incluso las palabras más sencillas, y a partir de ésas y otras señales, casi todos los expertos piensan que eran disléxicos. Porque, desde luego, sabemos que sus problemas no se debían a la falta de inteligencia. Sencillamente sus cerebros funcionaban de un modo distinto. Y gracias a Dios que era así, porque en caso contrario tal vez no tuviéramos teléfonos, bombillas o increíbles obras de arte —sonríe—. Ah. Y no tendríamos a Mickey Mouse.

Se queda callado un momento. Para que asimilemos lo que ha dicho, creo yo.

—Así que, de tarea, les voy a poner un ejercicio más.

Enciende el pizarrón digital y aparece lo siguiente:

Kddq dr ltbgñ lzr chehbhk
btzmcn mñ shdmdr kz bkzud.

Toda la clase se queja de que no se entiende. De que no tiene ni pies ni cabeza.

—Está escrito en clave —explica—. Cada letra representa a otra. Un punto a aquel que lo descifre. No es lo mismo que leer con dislexia, pero les ayudará a hacerse una idea de lo mucho que cuesta. Y del rato que se tarda —entonces me mira—. Y de lo listo que tienes que ser para perseverar.

Da la clase por terminada y todo el mundo se prepara para marcharse. Yo, en cambio, sigo mirando los retratos de todas esas personas tan famosas, mientras me pregunto si, cuando eran jóvenes, se sentían como yo. ¿Se consideraban tontos? ¿Se preguntaban qué sería de ellos el día de mañana?

El señor Daniels se agacha a mi lado.

—¿Ally?

Aunque estoy rodeada de voces, tengo la sensación de que los ruidos vienen de muy lejos.

—¿Te encuentras bien, Ally? —me pregunta el señor Daniels.

Me vuelvo hacia él y tengo que carraspear para poder hablar.

—¿Es verdad? Todas esas personas… —vuelvo a mirar los retratos—. ¿Ninguna de ellas sabía leer, igual que yo?

—Pues sí —responde sonriendo—. Aunque leer, sí leían. Sólo tuvieron que aprender a hacerlo de otra manera, nada más.

Me coloca delante una pieza de metal ovalada.

—Es un pisapapeles —dice—. Un regalo para ti.

—¿Para mí?

—Sí. Mira —va señalando cada palabra al tiempo que las lee—. «"Nunca se rindan. Nunca, nunca, nunca." Winston Churchill.»

Lo tomo en la mano. Pesa mucho.

—No te lo doy para que lo recuerdes, porque sé que tú no te darás por vencida. Es sólo que, últimamente, me estoy dando cuenta de lo mucho que has tenido que trabajar para aprender lo que sabes. Y —añade riendo— has engañado a muchas personas inteligentes. Hay que ser muy lista para hacer eso, ¿no?

Trago saliva con dificultad.

—Te lo regalo porque quiero que sepas que me he percatado. Y que todo va a salir bien, Ally —se inclina un poco hacia mí—. Más que bien, en realidad.

Me mareo sólo de pensar en lo mucho que ha cambiado todo.

En la escuela.

Y dentro de mí.

# 48

## La suerte según Oliver

—¿Y cómo es? —pregunta Oliver antes de detenerse siquiera delante de mi pupitre—. ¿Cómo es? ¿Eso que tienes? Distopía o como se llame.

—Dislexia.

—Sí. ¿Cómo es?

—Pues… —empiezo a decir, pero no sé bien qué contestar.

—¿Lo ves todo al revés? Eso es lo que dicen —entorna los ojos—. Un momento. ¿Ahora me estás viendo al revés?

Meneo la cabeza para negarlo.

—No. Me parece que no —en ese momento, veo en mi mente una película de las mariposas del museo y lo miro otra vez—. Es como si las letras de la página revolotearan como mariposas.

Arruga la cara.

—¿Cómo? ¿Quieres decir que se mueven? ¿Las letras se mueven?

Asiento.

Abre mucho los ojos.

—Pero qué… ¡increíble! Tienes mucha suerte. Cuando yo leo, las letras se quedan ahí aburridísimas. No me gusta nada leer. Prefiero hacer cualquier otra cosa.

—¿De verdad? —le pregunto. Ojalá las letras se quedaran quietas en mi caso, esperando a que las leyera.

Toma aire muy deprisa, como si no pudiera creer que no esté de acuerdo con él.

—¡Pues claro! ¿Me lo preguntas en serio? El verano pasado, mi madre me daba a elegir entre leer o limpiarle el coche. Tuvo el coche más limpio de la colonia durante todas las vacaciones.

Sonrío, porque Oliver me cae muy bien. He estado tan pendiente de mí misma que no me daba cuenta de lo simpático que es.

Y, al mirar a mi alrededor, recuerdo haber pensado que mis dificultades con la lectura eran como arrastrar un bloque de cemento de acá para allá, cada día, y lo mucho que me compadecía de mí misma. Ahora me doy cuenta de que todo el mundo arrastra sus propios bloques. Y que a ellos también les pesan.

Pienso en la palabra que usó el señor Daniels cuando hablaba de las personas famosas con dislexia. «Determinación.» Dijo que significa volver a intentarlo aunque fracases; seguir adelante sin darse por vencido por mucho que te cueste. También nos dijo que casi ninguna de esas personas famosas tenía miedo de equivocarse, por más errores que cometieran. Me parece que, a partir de ahora, ya no me molestará tanto meter la pata.

Keisha, Albert y yo estamos platicando en el patio cuando aparecen Shay y unos cuantos de sus clones.

—Entonces es verdad que te pasa eso que dijo el señor Daniels, ¿no? —pregunta Shay.

—Sí —contesto. Después de su charla, lo digo con orgullo.

—Dislexia, ¿verdad? ¿Ves las letras al revés o algo así?

—Más o menos —asiento, aunque no lo sé exactamente, porque nunca he visto las letras como los demás.

—Figúrate —suelta—. Mi hermano va a preescolar y ya ve las letras derechas.

Me lanza su mirada de siempre. Me molesta, pero no tanto como antes.

Albert da un paso adelante.

—¿Y tú nunca ves las letras al revés, Shay?

—No. ¿Estás bromeando?

—Ah —contesta Albert en voz baja—, qué lástima.

—¿Por qué dices eso?

—Bueno, porque es una señal de inteligencia —y entonces Albert se transforma por completo. Como si estuviera relajado y tal. Con un aire tranquilo que no es nada propio de él—. Ya sé que piensas que soy un nerd y todo eso. O sea, me has llamado de todo. Pero hay una cosa que nunca me has dicho.

—Ah, ¿sí? ¿Y qué será?

—Tonto. Nunca me has llamado tonto.

Ella saca la cadera y suspira.

—¿Qué me quieres decir con eso, Albert?

—Bueno, yo veo un montón de letras al revés. Y Ally ve aún más que yo. Imagínate lo lista que debe de ser.

¿Cómo? ¿Albert ve letras al revés?

Shay lo está rumiando y, por su expresión, dirías que es la única que no ha sido invitada a una fiesta.

—¿Qué letras ves al revés?

—Pues O, I, T, A, M, V, U… y algunas más.

¿Eh?

Guau. Shay se ha quedado sin palabras. Nunca pensé que llegaría este momento.

—Vamos —dice por fin—. Tengo cosas mejores que hacer.

—¡Voy un momento al baño! —le grita Jessica—. No tardo nada.

—Pues claro —resopla Shay—. No puedes separarte de mí.

Shay se aleja y su grupo la sigue, pero no corretean detrás de ella como suelen hacer. Unas cuantas se quedan rezagadas. Mirando de reojo hacia atrás.

Jessica da media vuelta y trota hacia nosotros. Al momento noto algo distinto en ella.

—Oye, quería decirte que me parece padre. Lo de la dislexia. Y que dibujas muy bien —me dice, y se da media vuelta para alejarse otra vez. Entonces se para y vuelve—. Y… lo siento mucho, Ally. Todo —añade antes de echar a correr.

Mi madre tenía razón. «Perdona» es una palabra muy poderosa.

—¿Qué dices, señor sabelotodo? —suelta Keisha, alucinada, volviéndose hacia Albert—. ¿El mundo se ha puesto patas arriba o qué? ¿De verdad acabo de presenciar lo que me parece?

Todos miramos a Jessica correr colina arriba.

—Bueno —responde él—. Hay una explicación. Ally es un catalizador.

No estoy segura de lo que significa, pero, viniendo de Albert, debe de ser bueno.

De golpe, Keisha empieza a partirse de risa. Está doblada, con las manos apoyadas en las rodillas. Tambaleándose como si se fuera a caer.

—Vaya, Albert, no puedo creer lo que acabas de hacer con esas letras. Y no puedo creer que ella se lo haya tragado.

Albert está casi sonriendo.

Keisha me rodea los hombros con el brazo.

—Nuestro amigo Albert acaba de soltarle a Shay un montón de letras que se leen igual en ambos sentidos. Si no estuviera tan ocupada inventando insultos para molestar a los demás, a lo mejor se habría dado cuenta.

Yo me echo a reír también.

—Gracias, Albert —le digo—. Pronto Shay te odiará aún más que a mí.

—Tranquilos —interviene Keisha—. Ésa tiene odio para dar y regalar.

Y me doy cuenta de que todo me resulta más fácil ahora que Shay y los demás saben por qué experimento tantas dificultades. El señor Daniels dice que debería concentrarme en lo que hago bien. Y voy a intentarlo.


Cuando vuelvo a mi sitio, encuentro una A de madera en mi pupitre.

La tomo y me pregunto de dónde ha salido.

—Ally, a mi abuelo le caerías muy bien —dice Suki—. He tallado esta letra con uno de los bloques que me regaló. Para ti. A de Ally, pero también porque me pareces asombrosa. Y te admiro. Quería que lo supieras.

Trago saliva para deshacer el nudo que tengo en la garganta.

—Muchas gracias, Suki. Ahora le puedo decir a todo el mundo que por fin he conseguido una A en la escuela, que es como un diez.

Las dos nos echamos a reír.

Oigo a Shay en la otra punta del aula, pero no parece contenta.

También ha encontrado algo en su pupitre.

Un montón de pulseras de la amistad.

# 49

# Veo la luz

A la hora del recreo, Albert y Keisha están comentando ideas para nuevas recetas.

Jessica, Max y otros niños se ríen de algo mientras Shay los mira desde su sitio. Parece como si no supiera qué hacer, lo que es muy raro en su caso. Por fin se levanta y se acerca a ellos, que fingen no haberla visto. Sobre todo Jessica. La situación me recuerda a aquellas copas de helado vacías del restaurante, el día que Shay y Jessica me hicieron sentir insignificante por el hecho de ser yo. Ahora me parece imposible sentirme así.

Oliver va de pupitre en pupitre. Mientras lo hace, los niños levantan los brazos por encima de la cabeza formando un círculo. Entonces les dice algo y ellos contestan. Cuando lo hacen, se ríe y salta.

Por fin llega a donde está Shay. Oigo lo que le dice:

—Levanta las manos por encima de la cabeza en forma de círculo.

Ella vacila, pero lo hace, lo que me sorprende.

—Ahora te diré una adivinanza —le dice Oliver—. Si das luz y rimas con «polilla», ¿qué eres?

Shay deja caer los brazos.

—Qué friki eres, Oliver. Vete a apestar a otra parte.

Oliver se acerca a Keisha, quien levanta los brazos también pero después se ríe.

Y yo me alegro por Oliver, porque no hace mucho se habría sentado y se habría quedado muy triste después de escuchar el comentario de Shay.

La observo y me doy cuenta de que mira a su alrededor como si se sintiera desplazada. Como si no entendiera qué ha pasado. Recuerdo lo mal que la pasas cuando te sientes sola en un lugar lleno de gente, así que respiro hondo y me acerco a ella.

—Hola, Shay.

Al verla de cerca, advierto lo triste que está.

—¿Qué quieres?

—Hum… Sólo saludarte.

Mientras me mira con atención, todas las cosas desagradables que ha hecho desfilan por mi mente y pienso para mí que quizás he cometido un error acercándome a ella.

—Creo —dice— que a partir de ahora deberíamos llamarte Alicaída. Ve a molestar a otro.

Al principio me sorprende su reacción, pero luego me doy cuenta de que no me he equivocado, porque tengo la sensación de haber actuado bien. Ha sido Shay la que se ha portado mal, pero yo lo he intentado. Y debo reconocer que, a pesar de todo, me da pena.

# 50

## La hazaña de un héroe

Keisha, Albert y yo volvemos a casa caminando tranquilamente.

Una voz grita desde atrás:

—¡Eh, cerebrito! ¡Espera!

Damos media vuelta y oigo a Albert murmurar:

—Oh, no.

Nunca lo había visto ponerse pálido, pero ahora lo hace. Puedo ver a tres chicos que corren hacia nosotros. Albert se pone muy nervioso, como si quisiera salir corriendo también, y deduzco que se trata de los niños que siempre le están pegando.

Ojalá Travis estuviera aquí.

—¿Quiénes son? —pregunta Keisha.

Albert traga saliva con esfuerzo.

—Eh, cerebrito —dice el que está más cerca—, ¿son tus novias? —le pregunta.

Los tres se echan a reír. Uno de los otros añade:

—Sí, claro. Como si ese tonto pudiera tener novia. Con suerte, tendrá un pajarito.

Se ríen más fuerte.

Keisha se encara con ellos:

—¿Por qué no se pierden?

—Que te quede claro. Estoy donde me da la gana —se vuelve hacia Albert y lo empuja—. ¡Eh, cerebrito! ¿Me has extrañado?

—Tanto como un perro a una pulga —murmura Albert, que tiene los ojos pegados al suelo. Ojalá mirara al chico, por lo menos.

Keisha levanta la voz.

—Sí, como a una pulguita insignificante. ¡Ahora lárgate si no quieres que alguien te dé un buen golpe!

Y, antes de que empiece siquiera a preocuparme por ella, el chico le agarra el brazo y la empuja al suelo.

—¿Un golpe? ¡Lo dudo mucho!

—¡Oye! —grita Albert—. Suéltala.

El otro voltea para mirarlo.

—Cállate, cerebrito. O serás el próximo.

El segundo chico agarra el bolso de Keisha.

—¿Qué llevas aquí?

Lo pone boca abajo para volcar el contenido.

—¡Miren! —dice el tercero—. ¡Un librito de magdalenas! ¡Qué lindo!

—¡No! —grita Keisha—. ¡Devuélveme mi libro!

Albert está temblando. O sea, temblando de verdad.

—¡Eh! —intervengo—. Déjennos en paz.

Y cuando el chico voltea y me mira a los ojos, me asusto de verdad. Tanto que tengo ganas de vomitar.

Keisha intenta levantarse y el primer chico la empuja al suelo otra vez. Mueve el pie para colocarlo encima de ella, pero no lo consigue.

Albert —el pacifista, el que decía: «Nunca me rebajaré a su nivel»— lo aparta de Keisha. Le da media vuelta y lo agarra por las solapas del abrigo. Los pies del otro casi no rozan el suelo.

—No vuelvas a tocarla —le ordena Albert con una voz que yo no sabía que tenía.

Keisha se levanta de un salto y corre hacia mí. Se queda a mi lado y me aprieta el brazo. Con fuerza.

—Estoy harto de que me molesten —le suelta Albert—. No tienen derecho a tratarme así. Y ni siquiera luchan de uno en uno. Acosan a la gente en grupo, como unos cobardes.

Albert lo tira al suelo. Lo empuja como si no pesara nada. Los otros dos chicos se abalanzan sobre él, pero Albert agarra a uno y lo arroja encima del primero. El número tres sale corriendo.

El primer chico se levanta.

—¿Quieres pelea, cerebrito? Yo te daré pelea.

Se lanza hacia Albert y lo golpea en la barriga.

Nunca había visto a mi amigo enfadado. Le pega al chico una vez y lo tira al suelo. Entre gemidos, éste le pide a su compañero que se levante y lo defienda de Albert. El segundo niño se sienta, como si no las tuviera todas consigo.

Albert está plantado con las piernas separadas. Se inclina hacia adelante.

—¿Estás seguro de que quieres pelea?

El chico dice que no con la cabeza.

Albert da un paso hacia los dos niños que están en el suelo.

—No vuelvan a tocar a mis amigas. Nunca. O se las verán conmigo.

Keisha y yo recogemos las cosas que llevaba en el bolso y las guardamos.

—Vámonos —dice Albert. Nos mira antes de dar media vuelta para alejarse. Lo seguimos.

Me sorprende que Keisha lleve tanto rato callada. Yo tengo la sensación de que voy a echarme a llorar de un momento a otro. Sólo de pensar que Albert ha venido a la escuela cada día con todos esos moretones, durante tanto tiempo. Siempre le preguntábamos qué haría falta para que se defendiera. Y resulta que ya lo sabemos: sentir la necesidad de protegernos.

—Albert —dice Keisha—, ha sido asombroso. ¡Y sabes pelear!

—No puedo atribuirme el mérito de tener fuerza en los brazos.

—Pero no han sido sólo tus brazos —protesto yo—. Has luchado como un valiente.

—Sí, es verdad —asiente Keisha. Luego se ríe—. ¿Y qué, Albert? ¿Qué mosca te ha picado?

—Mi padre siempre dice que hay que evitar la violencia a toda costa —nos explica Albert—, pero también dice que no se golpea a las chicas. Así que he sopesado ambas cosas. Y…

Se detiene y me mira con los ojos muy abiertos. Su expresión me provoca escalofríos.

—En realidad —dice—, me han entrado todos los males cuando he visto que les hacían daño, y habría hecho cualquier cosa con tal de detenerlos.


Cuando llegamos a A. C. Petersen, Keisha aún está representando la pelea de Albert. Él guarda silencio, pero es un silencio alegre. Y parece más alto.

Tras sentarnos en la mesa, saco mi libro de ciencias sociales.

—¿En serio? ¿Te vas a poner a hacer tarea después de esto? —me pregunta Keisha.

—Tengo mucho trabajo.

—Pensaba que el señor Daniels te había dado permiso para hacer sólo la mitad de los ejercicios.

—Y me lo ha dado. Pero voy a intentar hacerlos todos. No quiero rendirme fácilmente —he descubierto que, si miro las primeras y las últimas dos letras de una palabra, a veces puedo deducir lo que significa por el contexto. Cuando le conté al señor Daniels que había descubierto este truco, me dijo que soy un genio.

—¿No lo creo? ¿En serio? —insiste Keisha.

—Sí, ya lo sé. Primero no quiero hacer la tarea y luego me pongo a hacer más de la cuenta.

—Eres un misterio, eso seguro —dice.

—Ah —interviene Albert—. Eso me recuerda al presidente Teddy Roosevelt, que fue de caza una vez y descubrió que uno de sus acompañantes había atado un oso a un árbol para que le costara menos abatirlo. Se negó a disparar al oso y lo liberó. De hecho, por eso a los ositos de peluche se les llama Teddy en inglés. En honor a aquel gesto del presidente.

Keisha menea la cabeza.

—Vaya, tienes una anécdota para todo, Albert.

—No soy yo la fuente, sino la Historia.

—¿Sabes, Albert?, hablas como los narradores de las películas de la escuela. Como los presentadores del canal de Historia y todo eso.

—Vaya, gracias, Keisha.

Por la cara que pone Keisha, no estoy segura de que fuera un cumplido exactamente.

Me inclino hacia adelante y miro a Albert.

—¿Y sabes qué otra cosa es una gran hazaña también?

—¿Qué?

—Dar la cara por los amigos contra unos chicos que llevan meses usándote de saco de boxeo. Los has puesto en su lugar, ¿eh, Albert? Deberían darte una medalla o algo así.

Albert se pone más tieso.

—Bueno, ha sido cosa de un día —se vuelve hacia mí—. Lo tuyo tiene más mérito, Ally.

¿Cómo?

—Cuando el señor Daniels nos habló de todas esas personas con dislexia... es decir, algunas de las mentes más increíbles que ha conocido la raza humana... casi me dieron ganas de ser disléxico yo también.

¿De verdad acaba de decir eso?

Keisha se echa a reír.

—A veces, Albert, pienso que no tienes nada más que datos almacenados en esa cabeza tuya. Y luego haces cosas como lo que has hecho hoy y dices algo como eso. ¿Sabes lo que eres?

Albert levanta las cejas.

Keisha se inclina hacia él.

—Eres un buen amigo, Albert.

# 51

## Corazón de león

Le pregunto al señor Daniels si puedo renovar el libro en la biblioteca, y él sonríe como si le acabara de traer un pastel.

—Claro —me dice. Entonces me tiende un sobre—. Ya que vas de camino, ¿te importa darle esto a la señora Silver de mi parte?

—Claro.

—Debes dárselo en mano. Y tienes que esperar a que lo abra y escriba la respuesta. Luego me lo devuelves. ¿Está bien?

Asiento mientras pienso en los días en que visitar el despacho de la directora significaba un castigo.

Pido que me amplíen el plazo del libro y paso por el despacho. La señora Silver está allí cuando entro.

—Hola, Ally.

Le tiendo el sobre antes siquiera de empezar a hablar. Supongo que quiero que sepa cuanto antes que no me he portado mal.

—Es un recado del señor Daniels.

Levanta un dedo y me pide que espere un momento mientras habla con su hija. Luego levanta el auricular.

Tenía la intención de escuchar la conversación, pero otra cosa capta mi atención. El cartel de las dos manos que se buscan. El que me pidieron que leyera y no pude.

Me acerco hasta plantarme delante. Miro los dedos extendidos. Luego inhalo hondo y observo las letras. Me pego a la pared y, tal como el señor Daniels me ha enseñado, utilizo el sobre que tengo en la mano para subrayar la primera línea.

Susurro:

—A ¿v-v-enturas?

La señora Silver se acerca y se planta detrás de mí. Apoya las manos en mis hombros. Dejo de leer.

—No, Ally. Continúa.

Giro la cabeza para mirarla.

—¿Me lo puede leer una vez para que lo oiga de corrido?

La señora Silver lee:

A VECES, EL GESTO MÁS VALIENTE
CONSISTE EN PEDIR AYUDA.

C. CONNORS

—¿Ally? —dice.

Doy media vuelta.

Se le rompe la voz.

—Quiero que sepas que siento muchísimo todos los altibajos que tuvimos durante un tiempo. Estoy orgullosa de los avances que estás haciendo. Y de lo mucho que te esfuerzas. Deberíamos habernos percatado antes de tus diferencias de aprendizaje, pero eras tan inteligente… y, bueno, espero que me concedas otra oportunidad de ayudarte.

Asiento. Vuelvo a mirar el cartel y pienso que sí, que debería haber pedido ayuda, pero, en aquella época, no tenía el valor suficiente, supongo.

—¡Eh! —dice—. ¿No tenías una nota para mí?

—Sí. Me ha dicho el señor Daniels que la lea antes de que me marche.

La directora abre el sobre y lee la carta mientras camina hacia su escritorio. Se ríe y se vuelve a mirarme.

—¿Te ha dicho lo que escribió?

Meneo la cabeza para negar.

—Dice: «El alumno que le entrega esta carta ha sido escogido como el estudiante del mes por su duro trabajo y su buena actitud».

—¿Yo? —pregunto—. ¿Seguro que no es un error?

Vuelve a reírse.

—¡Mi hermano, Travis, no lo va a creer! —exclamo, aunque en el fondo de mi corazón sé que sí. Se alegrará muchísimo por mí, me revolverá el pelo y dirá: «¡Bien hecho, Al!».

Escribe una nota para el señor Daniels y me la tiende.

Salgo del despacho y, al momento, un maestro me ordena que no corra. Obedezco, aunque me cuesta horrores no volar, brincar y gritar.

El señor Daniels sonríe en cuanto doblo la esquina para entrar en el aula y, medio saltando, medio corriendo, me acerco a su escritorio.

—¿Ya te han dado la noticia? —me pregunta.

Asiento.

Me pone una mano en el hombro y dice:

—¡Atención, Fantásticos! ¡Me gustaría anunciarles que la nueva estudiante del mes es Ally Nickerson!

Oliver aporrea el pupitre mientas los demás aplauden. Incluso Jessica. Shay dice algo que no oigo bien, pero sí escucho la respuesta de Jessica:

—Cállate, Shay.

Albert y Keisha se acercan. Albert me choca los cinco y Keisha me abraza.

—¡Guau! ¡Espero que no hagas a un lado a tus insignificantes amigos cuando ganes el próximo premio!

—Si me haces un pastel… —bromeo.

—Un momento —dice Albert—. ¿Y a mí me harás un pastel si gano algo?

Keisha y yo nos echamos a reír mientras Albert insiste:

—No, en serio.

Ella le da unas palmaditas en el hombro.

—Sí, Albert, te haré uno.

Empezamos a recoger para marcharnos. Travis viene a buscarme porque tengo que llevar el proyecto a casa. Guardo mis cosas y bajo al gimnasio para esperarlo.

Al poco rato entra Travis, todavía vestido con el overol del taller.

El sol lo ilumina por detrás, como si surgiera de una bola de luz, y de repente me dan ganas de llorar.

Ahora lo entiendo. Todo.

Travis es inteligente. Igual que yo.

Corro hacia él, dejo el proyecto en el suelo y le echo los brazos al cuello.

—Contenta de haberte librado del autobús, ¿eh? —se ríe.

—Sólo estoy contenta de verte, nada más.

Y lo abrazo otra vez. Ahora con más fuerza.

Me interroga con la mirada.

—Espera un momento —le digo—. ¡Ahora vuelvo!

Salgo disparada antes de que pueda contestarme. Corro porque tengo que hacerlo. No puedo esperar a mañana.

Cruzo el pasillo a toda mecha, sin hacer caso de alguien que, allá atrás, me ordena que afloje el paso.

Llego al salón, me apoyo en el marco y entro sin respiración.

El señor Daniels alza la vista, sorprendido.

—¿Ally?

Plantada junto a su mesa, saco del bolsillo el arrugado trozo de papel que lleva escrita la palabra POSIBLE.

—¿Aún lo conservas? —me pregunta, y sonríe aún más.

—Por favor, señor Daniels —le pido—. Necesito su ayuda. Haré lo que sea.

Se levanta.

—¿Qué pasa, Ally?

—Por favor, ayude a mi hermano —doy un paso adelante—. Él también necesita aprender a leer.

Me acuerdo del póster que la señora Silver tiene en su despacho. La mano del señor Daniels rozando la mía. Y la mía tendida hacia Travis.

—Pues claro, Ally. Lo ayudaré encantado. Tu hermano viene a buscarte hoy, ¿verdad?

Asiento. Infinitamente agradecida al señor Daniels. No sé si será consciente de que llegué a sexto grado preguntándome qué sería de mí. Ahora tengo sueños y sé que se harán realidad.

Algún día quemaré las naves.

Y volveré para contárselo.

—Vamos —dice—. Adelántate. Enseguida bajo a hablar con él, a ver qué podemos hacer.

Salgo a toda prisa, pero empiezo a andar más despacio. Pensando. Pendiente de cada paso. Al final, llego de vuelta al gimnasio. Donde me espera mi hermano mayor, que siempre me ha apoyado y me ha ayudado. Que ha creído en mí incluso cuando yo no lo hacía.

Travis está de pie con las manos en los bolsillos, observando la luz que se cuela por las claraboyas del techo. Me quedo mirándolo un rato. Por fin, me ve y sonríe.

Le tiendo ese papel tan raído con la palabra «posible».

—Toma. Ahora es tuyo.

Parece confundido.

—¿Mío?

El señor Daniels ya se está acercando. Le estrecha la mano a Travis.

—Hola, Travis. Me han hablado mucho de ti —me mira—. Vaya hermana tienes.

Travis sonríe a medias.

—Sí. Ya lo creo.

—Verás —empieza el señor Daniels—. Por lo que parece, Ally piensa que deberíamos hablar.

—Está bien —dice él mientras se frota la barbilla con los nudillos.

El señor Daniels le explica lo que hacemos después de las clases y le propone que se una a nosotros.

Alzo la vista. Travis traga saliva con dificultad y asiente. Sabía que mi hermano sería tan valiente como para decir que sí.

Una película mental cobra vida en mi mente. Nuestro apellido escrito en luces de neón en el escaparate de su propio taller.

Y luego otra. En ésta me veo a mí misma súper contenta. Leyendo y dibujando en un lugar especial en el mundo a medida de Ally.

Ahora bien, esas películas mentales no irán a parar a mi Cuaderno de Cosas Imposibles, porque sé que se harán realidad.

Apoyo la espalda contra mi hermano mayor y noto sus manos en mis hombros. Las voces de los dos se alejan cuando miro la luz que se cuela por las claraboyas.

Las cosas van a cambiar.

Es como si los pájaros pudieran nadar y los peces fueran capaces de volar.

Lo imposible es posible.

# Nota de la autora

Queridos lectores:

Como cualquier adulto, yo fui joven una vez.

Era una niña típica en muchos sentidos. Como jugaba a diario con mis hermanos mayores o los muchos chicos de la colonia, se me daban de maravilla trepar a los árboles, el diablito y el beisbol. Sobre el diablito o sosteniendo un bat en el home, incluso en la última entrada, me sentía muy segura de mí misma. Tenía la sensación de que podía superar —o incluso clavar— lo que tenía entre manos.

Sin embargo, la experiencia de ocupar el pupitre de la escuela era harina de otro costal. Recuerdo haber estado allí sentada mirando a los otros niños y preguntándome por qué no me parecía más a ellos. ¿Cómo se las arreglaban para terminar los ejercicios tan rápido? En la época en que tenía la edad de Ally Nickerson, me sentaba a la mesa del comedor de casa, donde estaban escampados los libros del colegio de mi hermano, y pensaba que no sería capaz de llegar hasta allí. Igual que Ally, me preguntaba qué sería de mí.

Luego, al llegar a sexto, me pusieron en la clase del señor Christy, en quien años después me inspiraría para crear al señor Daniels. Qué poco imaginaba entonces que aquel maestro cambiaría el curso de mi vida. ¿Por qué? Porque transformó mi percepción —mi manera de verme a mí misma— y eso ejerció un tremendo impacto.

Yo tenía la sensación de que los demás niños eran mejores. Más tarde descubrí que no lo eran; el hecho de que se les diera mejor que a mí hacer exámenes no los hacía mejores; sencillamente eran más hábiles en los exámenes. Al principio, sin embargo, dejé que esas ideas negativas calaran en mí. Daba por hecho que era incapaz de hacer ciertas cosas, así que, durante una época, dejé de esforzarme tanto como podía. Pensaba que daba igual.

A pesar de todo, el señor Christy confió en mí. Me pidió que ayudara a niños más pequeños. Escogió libros que pudieran gustarme y me ayudó a avanzar en la lectura. Dejé de ir al grupo del nivel más bajo. Sonrió cuando me vio entrar en el aula. Al cabo de un tiempo, empecé a verme reflejada en la confianza que tenía en mí y abandoné su clase lista para quemar las naves.

Todos poseemos talentos especiales y también aspectos que nos exigen más trabajo. Sinceramente, he aprendido mucho más de mis fracasos (y, a la larga, he tenido más éxito gracias a ellos). Las cosas no siempre son fáciles; a veces fallamos. Ahora bien, los fallos no te convierten en un fracaso. Sólo fracasas cuando te hundes. La capacidad de sobreponerse, de sacudirse uno mismo y volver a intentarlo, nos proporciona una fuerza enorme. Eso sí que les ayudará a llegar lejos en la vida. Muy lejos. Si se acostumbran a levantarse tras una caída y volver a intentarlo, imaginen las cosas maravillosas que les puede deparar el futuro.

Gracias por haber elegido *Como pez en el árbol*. Espero que les haya gustado conocer a Ally, Keisha, Albert, el señor Daniels y los demás.

Y recuerden: las mentes geniales piensan de manera distinta.

Cuídense mucho,

LYNDA

# Agradecimientos

A la autora le gustaría dar las gracias a:

Nancy Paulsen, amiga y extraordinaria editora. Eres el centavo de 1943 de los editores: una entre un millón. Y te lo agradezco infinitamente.

Erin Murphy. Eres fantástica. Te considero una bendición como agente y como amiga.

El Gango, que ha enriquecido infinitamente mi vida; te envío mi cariño.

Los «otros Penguin», que han trabajado en la edición y diseño de este libro: Ryan Thomann por diseñar los maravillosos interiores, Kristin Logson por la excelente portada y Sara Lafleur, que siempre está ahí, dispuesta a echar una mano.

Carol Boehm Hunt, Jean Boehm, Karen Blass, Rick Mullaly, Jill Mullaly, John Mullaly, Melody Fisher, Bonnie Blass, David Blass, Suzannah Blass, Michael Mullaly, Megan Mullaly, Christopher Mullaly, Emma Mullaly, Dot Steeves, Margaret Pomeroy, Pat y Frank Smith, ¡y todos los demás Smith! ¡ADORO a esta gran familia!

Un agradecimiento especial a mi hermano, Ricky, quien me ayudó a conocer y amar a Travis.

Muchísimas gracias a mi sobrina, Emma, cuya belleza, desparpajo e inteligencia me ayudaron a crear a Keisha.

Rere, quien está conmigo cada día de este viaje increíble. No disfrutaría de tantos dones si no hubieras sido mi madre. MUAC.

Mary Pierce, Liz Goulet Dubois, Laurie Smith Murphy; queridas amigas, mujeres fenomenales y compañeras del grupo de crítica literaria por siempre jamás.

Lucia Zimmitti, Jenny Bagdigian, Jennifer Thermes, Cameron Rosenblum, Julie Kingsley, Leslie Conor, Sarah Albee, Carlyn Beccia, Bette Anne Reith, Jeanne Zulick, Sally Riley, Linda Crotta Brennan y Sharon Potthoff. Son un tesoro, todas y cada una de ustedes, y han sido una parte importante de mi viaje.

Jill Dailey, Paula Wilson, Nancy Tandon, Jessica Loupos, Holly Howley, Kristina O'Leary y Michele Mannig, mis nuevas compañeras de escritura. Gracias por su aguda visión.

Susan Reid Rheaume, Kathy Martin Benzi, Kelly Henderschedt y Doreen Johnson. Doy gracias por contar con ustedes, chicas.

Peter Steeves, mi primo, que compartió conmigo sus aventuras tempranas como coleccionista de monedas.

El doctor Kevin Miller, USN, Yoshiko Kato, Marlo Garnsworthy y Leah Tanaka, por su ayuda con la cultura y la lengua japonesas.

Mis expertos en ajedrez de Maine: Lance Belounqie, Gabriel Borland, William Burtt, Carther S. Theogene, Owen Wall, Matthew Fishbein y Arthur Tang.

Las maestras que cito a continuación y sus clases de 2012-2013, por su temprana escucha y por ayudarme a titular algunos capítulos: Srta. Melanie Swider, Sra. Susan Dee, Srta. Pattie Uccello, Srta. Rachel Wulsin y Srta. Wendy Fournier.

Audrey Dubois, Suzannah Blass, Molly Citarell, Abbey Citarell, Grace Bremner, Samantha Eileen Miller y Chrissy Miller, que me ayudaron con unos cuantos detalles. ¡Gracias!

Susan Dee, Angela Jones y Sharon Truex, maestras y primeras lectoras. Agradezco su tiempo, sabiduría y apoyo. Gracias a Dios que hay maestros como cada una de ustedes en el mundo.

Maureen Brosseau y Mary Begley, quienes me enseñaron las cosas más importantes acerca de la docencia cuando estaba en el Instituto Gilead de Hebron, Connecticut.

Judy Miller, que me enseñó lo más importante sobre mí misma.

Srta. Carol Masonis, Srta. Patricia Yosha, Sra. Anita Riggio y Sr. Constantine Christy. Brillantes maestros, los mejores que tuve mientras estudiaba. Me cambiaron la vida, cada uno de ustedes.

Greg: gracias por ser tú. Con amor infinito.

Para terminar, escribiría párrafos y párrafos sobre lo agradecida que estoy con Greg, Kimberly y Kyle. Su creatividad, inteligencia, humor y consideración me han ayudado a dar vida a estos personajes, y su amor y apoyo diario hacen que toda la aventura valga la pena. Me han proporcionado más días de dólar de plata de lo que jamás me habría atrevido a imaginar. Los quiero órbitas infinitas alrededor de Plutón. Otra vez.